GOBOOKS & SITAK GROUP©

GOBOOKS & SITAK GROUP©

蝠星東來

Presented by LAN QI ZUO REN

novel.藍旗左衽　illust.ダエ

「新手妖怪研習中」

CHARACTER FILE

SHALOM ACADEMY

Fu Xin

賀福星 混血蝙蝠精

呃，我當了18年人類，
要我馬上習慣妖怪身分，太強人所難了啦！

Blood Type A

Height 172

外表年齡：16
實際年齡：18
生日：7/17
興趣：電玩、動漫、網拍
專長：自得其樂
喜歡的東西：和朋友在一起
討厭的東西：重補修

十八歲以前過的是窩囊的藥罐子人生，因病休學過兩年。考完基測後得知家族的祕密，進入夏洛姆就讀。個性單純，經常胡思亂想。

「警告：危險勿近」

HARACTER FILE

SHALOM ACADEMY

Leon

理昂・夏格維斯

闇血族

你並沒有照顧我的義務，你到底有什麼企圖？

(闇血族血型)
Blood Type
CH

Height
186

外表年齡：18
實際年齡：198
生日：11/3
興趣：閱讀
專長：冷兵器
喜歡的東西：安靜閱讀
討厭的東西：被迫做不想做的事

福星的室友。內斂冰冷，總是獨來獨往，有時行蹤不明。據說是德國貴族末裔，校內的闇血族對他相當尊敬。

「愚民退散」

CHARACTER FILE

SHALOM ACADEMY

賀芙清

混血蝙蝠精

既然我們有血緣關係，我有義務容忍並接納你的愚蠢。謝恩吧，蠢貨。

Blood Type A

Height 169

外表年齡：26
實際年齡：26
生日：12/27
興趣：一邊做實驗一邊聽刑偵影集
專長：病理學
喜歡的東西：冰咖啡，鑑識劇
討厭的東西：不可愛的笨蛋

福星的姐姐，高冷毒舌系冰山美人。夏洛姆傑出校友。目前在校內醫療中心工作。雖然常常對福星不耐煩地冷言相向，但心裡非常在乎福星。

「異端滅除」

CHARACTER FILE

SHALOM ACADEMY

Fidelio

斐德爾 人類

我的雙手雖被血沾染，
卻能為世界除去黑暗。

Blood Type AB

Height 189

外表年齡：28
實際年齡：28
生日：5/7
興趣：靜坐冥想，武器研發
專長：近距離戰鬥，鼓舞振奮士氣
喜歡的東西：古董書，和同伴集訓
討厭的東西：一切特殊生命體

反特殊生命體組織「淨世法庭」的高階領導者。因家人死在特殊生命體手上，因此仇視一切的非人類。個性嚴守紀律。相當關愛下屬，受到愛戴景仰。終極目的是打造一個沒有特殊生命體的世界。

三日月書版

三日月書版

蝙星東來
Presented by LAN QI ZU
novel.藍旗左衽　illust.ダエ
SHALOM ACADEMY
of Special Animate Beings
Since 1692.
5
輕世代
FW254
三日月書版

Characters

Shalom Academy
Character File

「新手妖怪研習中」

賀福星 *Fu Xin*

外表年齡：16
實際年齡：18
生日：7/17
興趣：電玩、動漫、網拍
專長：自得其樂
喜歡的東西：和朋友在一起
討厭的東西：重補修

混血蝙蝠精

**呃，我當了18年人類，
要我馬上習慣妖怪身分，太強人所難了啦！**

Shalom Academy
Character File

「警告：危險勿近」

理昂·夏格維斯 *Leon*

闇血族

外表年齡：18
實際年齡：198
生日：11/3
興趣：閱讀
專長：冷兵器
喜歡的東西：安靜閱讀
討厭的東西：被迫做不想做的事

你並沒有照顧我的義務，你到底有什麼企圖？

Characters

Shalom Academy

Character File

「嚴禁餵食」

洛柯羅 *Rocort*

外表年齡：18

實際年齡：？

生日：？

興趣：吃、和福星玩

專長：連續不斷地吃

喜歡的東西：吃點心

討厭的東西：蔬菜

妖精

吶，你身上有甜甜的味道，是食物嗎？

Shalom Academy

Character File

「拜金奸商」

翡翠 *Emerald*

外表年齡：18

實際年齡：98

生日：6/6

興趣：賺錢

專長：數學、歷史

喜歡的東西：營業盈餘

討厭的東西：營業虧損

風精靈

免費？我豈是膚淺到把友情看得比錢還重要的人！

Characters

Shalom Academy
Character File

「資深偽正太」

寒川 Samukawa

黑天狗

外表年齡：12(偽裝前) / 40(偽裝後)
實際年齡：854
生日：1/1
興趣：表：深造鑽研異能力操控
　　　裡：收集可愛的東西
專長：咒術操控
喜歡的東西：泡澡、可愛的物品
討厭的東西：錯誤百出的作業、山寨品

當掉，全部重修。

Shalom Academy
Character File

「生猛獸族。隱性傲嬌」

布拉德 Brad

狼人

外表年齡：19
實際年齡：98
生日：4/1
興趣：鍛鍊自我、極限運動
專長：武術、家政
喜歡的東西：在陽光下揮灑汗水
討厭的東西：闇血族

多說無益，是男子漢就用拳頭來溝通！

Characters

Shalom Academy

Character File

「聖母降臨」

珠月 Zhu Yue

蛟人

外表年齡：17
實際年齡：97
生日：3/5
興趣：欣賞少年間的不純友誼互動
專長：水中競技、文學、3C用品操作維修。
喜歡的東西：花卉、男人的友情
討厭的東西：海底油井、逆CP

……你還好嗎？不要過度勉強自己，
我會幫你的。

Shalom Academy

Character File

「強效去汙」

丹絹 Dan Juan

蜘蛛精

外表年齡：17
實際年齡：99
生日：9/7
興趣：鑽研知識
專長：各科全能，清潔保健。
喜歡的東西：排列整齊的書櫃
討厭的東西：髒亂不潔。

這種等級的作業對你來說有這麼難？
你的腦袋是裝飾用嗎？

Characters

Shalom Academy
Character File

「女賓止步」

以薩·涅瓦 *Isaac*

闇血族

外表年齡：18
實際年齡：122
生日：2/5
興趣：園藝、植物
專長：數學、植物學
喜歡的東西：花朵、溫室
討厭的東西：人群

女孩子像花一樣，很漂亮，但是很脆弱……福星的話，是塑膠花。

Shalom Academy
Character File

「欠管教惡貓」

小花 *Floral*

貓妖

外表年齡：16
實際年齡：203
生日：11/16
興趣：美男鑑賞、觀察他人
專長：情報搜集
喜歡的東西：不為人知的祕密、美男
討厭的東西：自以為是的正義魔人

知道人們的祕密後，要他們聽令並不難。

Characters

Shalom Academy
Character File

「超肉食女王」

歌羅德 Grod

外表年齡：28
實際年齡：80
生日：12/24
興趣：美妝、逛街、作弄寒川
專長：巫毒、巫咒、作弄寒川
喜歡的東西：聖羅蘭口紅
討厭的東西：僵硬的教條規範

巫妖

你是在忤逆我嗎？嗯？

Shalom Academy
Character File

「無限放空」

子夜 Zi Ye

外表年齡：17
實際年齡：86
生日：5/2
興趣：發呆，看天空
專長：召喚系咒語
喜歡的東西：亮晶晶的小東西
討厭的東西：靜電

玄鳥

……喔。

Characters

Shalom Academy
Character File

「成人限定」

紅葉 Momiji

炎狐妖

外表年齡：18
實際年齡：92
生日：7/25
興趣：購物、交際
專長：被搭訕、被請客、被告白
喜歡的東西：居酒屋
討厭的東西：梅雨季

曖昧不明的，很釣人胃口吶。

Shalom Academy
Character File

「天真無邪」

妙春 Taeharu

狸貓妖

外表年齡：10
實際年齡：？
生日：10/20
興趣：翻花繩、爬山
專長：編花冠、丟沙包
喜歡的東西：花手鞠、橛餅
討厭的東西：臭魚乾

福星，你是痴漢嗎？

Characters

Shalom Academy

Character File

「特級暖男」

希蘭 *Shiran*

外表年齡：18
實際年齡：109
生日：12/19
興趣：小提琴、詩社
專長：古典文學、政治學
喜歡的東西：歌劇、音樂會
討厭的東西：期末評鑑

風精靈

小心點……
你和福星一樣要人費心照顧呢。

Shalom Academy

═ 蝠星東來 ═

contents

Chapter01

不用上輔導課的暑假才算暑假

七月，盛暑之晝。萬里無雲，滾炙的日光直截刺落地面，焦灼著遊人的眼及肌膚。屬於盆地地形的臺北，午後開始匯聚濕氣，蒸騰不散，使熾暑更加燠熱難耐。

如此天氣，窩在家裡是最明智的選擇。

穿著汗衫和短褲，福星慵懶地躺在客廳的沙發上，手中握著遙控器，百無聊賴地瀏覽著螢幕上的各個節目。

電風扇發出嗡嗡嗡的聲響，和電視的人聲樂聲混合，發出吵雜的噪音。躺在沙發上的人一動也不動，瞪著螢幕，只覺得時間彷彿凍結了。

好無聊……

福星懶懶地翻了個身，抓了抓肚子，然後用腳趾夾起放在茶几上的餅乾袋，拿到手中，悠哉地嗑著破碎的洋芋片。

斜睨一記牆面上的月曆。

七月十六日。

也就是說，進入暑假已經二十三天了。從六月底到九月初，為期將近兩個半月、高中生涯的最後一個暑假，就這樣過了二十天。

感覺有點……虛。

住在五樓、和他同一所國中的同屆學生升上高三，七月就開始上暑期輔導，早上背著書包上學，晚上十點多從補習班歸來。有幾次福星晚上出去買宵夜時剛好和他一起搭電梯。看著福星過分悠閒的生活，對方總投以羨慕又不解的眼神，讓福星很不好意思。

話說，他也高三了吶，是否也要準備升學考試呢？夏洛姆裡根本沒人在關心升學，讓他也理所當然地忘了這回事。妖怪，升什麼學呢？就算真的要考試，也不急著在這一年，他有好長好長的時間可以準備。

這讓他有點心虛、空虛，不知道自己到底要做些什麼、不知道自己的目標在哪裡。

煩死了……好希望快點開學……

福星盯著天花板，打了個飽嗝，隨手抹了抹嘴邊的屑屑，開始放空。按照過去二十天的慣例，大約在十分鐘之內他會睡著，然後兩小時後被六點的鐘聲喚醒吃晚餐，吃飽後去倒垃圾並借個漫畫，回家後看看書、玩玩線上遊戲，差不多就該睡了。

打了個呵欠，放了個屁。伸了伸痠痛的腳和手，換個姿勢繼續休息。

「轟轟砰砰砰！」

外頭傳來一連串巨大的碰撞聲，悶然的巨響在樓梯間迴盪，傳入屋中。

福星懶懶地睜眼。

有人在搬家嗎？這麼熱的天，還真是辛苦了……

「叮咚啾啾啾啾啾——」怪異的仿鳥鳴聲電鈴響起。

福星回過頭，狐疑地看著大門。

誰啊？沒聽說有訪客。該不會是推銷員？裝死好了。

「叮咚啾啾啾叮咚叮咚啾啾啾啾啾——」按門鈴的頻率加速，透露來訪者的焦急與不耐。

「來了來了啦！」福星對著門板大吼，起身走向大門，扭開門把，「有什麼事？這裡謝絕推銷——呃?!」

門外的訪客們，讓福星愣愣。

「布、布拉德?!」他在做夢嗎？

「終於開門了？我正考慮將這扇門打爛。」操著帶有濃厚外國腔調的中文，布拉德咬牙切齒地低語。高大精碩的身軀，穿著簡單的圖騰白T。原本寬鬆的上衣，因汗水而濕黏地貼在身上，極致的結實體態展露無遺。

「你怎麼來了？」

「不行嗎？」

「沒有！我只是很訝異，為什麼……」

「嗨，福星。」珠月從後方探出頭。她頂著貝雷帽，白皙的臉蛋被曬得通紅，滿面汗珠，一臉憔悴，以虛弱的語調開口，「不好意思，可以先讓我們進去嗎？外面有點熱……」

「珠月！妳也來了?!」

福星的目光向後一掃，赫然發現熟悉的臉孔不只一個。

丹絹頭戴全罩式遮陽帽，頭頂脖子全被圍遮，臉上戴著口罩，只露出眼睛，手臂上套著兩管老式的碎花袖套，防曬措施之嚴密連美容達人也要甘拜下風。紅葉和妙春則戴著藤編草帽，粉臉被曬得紅撲撲的。

「呃，丹絹，你是要去採茶嗎？」

丹絹冷冷地瞪了福星一眼，「我不喜歡防曬乳……」他討厭肌膚黏膩的感覺。

「這套裝扮是？」

「和路上發傳單的大嬸買的。雖然醜了點，但效果不錯。」丹絹揚起嘴角，看起來相當滿意。

紅葉一把推開丹絹，沒好氣地斥喝，「可以別囉嗦了嗎？老娘連內褲都濕了！因為汗！」

蹲在鞋櫃上的妙春虛弱地抬頭，「妙春快死掉了……」

「喔喔好的好的，抱歉！抱歉！」福星趕緊讓開身子，「請進請進，喔對了，鞋子要脫下來放外面，靠牆邊排整齊，不然管委會的人會過來囉嗦……」

布拉德等人瞪了福星一眼，隨意地將鞋子踢下，扔到鞋櫃上，只有珠月乖乖地將鞋子放置整齊。

然而，進了屋之後，又是一陣不悅的咆哮。

「為什麼屋裡一樣熱?!」

「說好的冷氣呢?!」

「好熱好熱好熱——啊啊啊混帳！」

「哪有一樣熱啊，明明有開電風扇！」福星一邊辯解一邊安撫，將電風扇推到眾人面前，彷彿獻寶一般地開口，「我現在將風速轉到『強』——看！風變大了吧！」

強勁的風吹在揮汗如雨的眾人身上，因汗水而濕黏的頭髮雜亂無序地飛起，黏貼在臉上、身上。

暑意未減，狼狽加倍。

布拉德咬牙切齒，「我想把你的頭扭下來當風向球……」

「你家沒冷氣？」翡翠輕擦著額角的汗，電風扇的涼風讓風精靈稍微舒緩了些，「要不要我幫你代購？手續費兩成。」

「我家有冷氣，但是電費很貴，而且開冷氣不健康，電風扇比較天然，」福星自豪地解釋著，「偶爾也要愛地球一下啦。」

眾人深吸一口氣，勉強壓下將福星揪起來痛毆的念頭。

紅葉二話不說，直接掏出皮夾，扔了五張鈔票到茶几上，「我幫你出電費，請你打開冷氣，開到最大！立刻！」

「但是——」

「轟嘎吱！」

撕裂金屬的刺耳聲響忽地響起，布拉德非常豪邁地將電風扇扭斷，雙手捧著圓形扇面，皮笑肉不笑地開口，「不好意思，我以為它和你的頭一樣可以轉三百六十度。」

「我哪這麼厲害！」

「要不要試試？」布拉德將風扇扔到一旁，躍躍欲試地壓按著指關節，發出喀啦喀啦的聲響。

福星縮了縮脖子，「不用，我馬上開冷氣就是了……」

他拿起放在茶几下的遙控器，舉起，按下開關。清脆的電子聲響起，在眾人耳中宛如天籟。

溫度降低，眾人的情緒也隨之平靜。福星識相地從廚房端出冰麥茶，澆熄友人的怒燄。

「怎麼會突然過來？」福星開口詢問，「發生什麼事了嗎？」

眾人互望了一眼。

丹絹瞪向福星，「不歡迎？」

「不不，當然不是！怎麼可能！」福星連忙否定，不好意思地搔了搔後腦勺，低下頭，「看到你們我很開心，但是，因為太開心了，感覺有點不像真的，這麼棒的事怎麼可能會發生啊……」

他甚至懷疑自己是否在做夢，苦悶的晝午之夢。

福星的發言，在眾人心中投下一顆石子。讓人感到舒坦、充滿暖意的石子。

「這沒什麼大不了。」布拉德冷哼了聲，掩飾自己的尷尬。

「噢，福星，你這天真的孩子！」紅葉起身，憐愛地伸手拍了拍福星的頭。

「妳說得對。」妙春湊向坐在一旁的珠月，小聲嘀咕，「他果然是誘受。」

珠月當場噴茶。

「十九號就是修學旅行，起始點在泰國，我們打算同隊的隊友先到你家會合再一起過去。」翡翠輕啜涼茶，悠哉地開口解釋，「順便來這裡度個假。有勞你招待啦！」

「你是想來白吃白喝省旅費的吧！」福星沒好氣地吐槽。

經翡翠提醒，他想起了差點被他遺忘的重要活動——修學旅行。

升上三年級的學生，在暑假中會進行修學旅行。夏洛姆的修學旅行，行程極為豪邁，範圍遍及五大洲，以類似周遊列國的方式行經各個據點，為期三週，南北校同步進行。

比起國中時三天兩夜的偽環島畢旅，這簡直是精裝鍍金超豪華版！

「呃，所以……」福星打量了一圈在場的所有人，布拉德、翡翠、珠月、丹絹、紅葉、妙春，「同小隊的只有你們六個來？」

「小花晚一點會從花蓮出發，洛柯羅在你家樓下的冰店吃一碗四十五元的冰。」翡翠嘆了口氣，看來付錢的冤大頭是他。

「呃，所以……」福星停頓了一秒，有點不好意思地開口，「理昂他……沒有來嗎？」

心中有種小小的失落感。

眾人愣了愣。「啥?!」

布拉德回頭張望，低咒，「糟糕！」接著猛地衝出屋外，幾秒後扛進一座約略兩公尺高的長木箱。

「你家窗簾是遮光布？」

「是啊，老爸他們對光線敏感。」

「拉上。」

福星降下簾子，好奇地打量著長箱，「那是什麼？」

紅葉賊笑，「送你的禮物呀。」

「生嫩可口喔。」妙春補充。

「妙春！」

布拉德瞪著被釘死的木箱邊緣，「你家有鐵撬嗎？」

「沒有。」

布拉德皺眉，「好吧，可能會有點吵。」

他對著箱子喊了聲，「小心！」再舉起凝聚著異能力的強化狼爪，猛地向下一揮，直接將箱邊打爛、將板面一腳踢開。

福星好奇地湊過頭去，想看看箱中究竟放著什麼「可口」的禮物。

「呃！」這是——

只見理昂臭著臉躺在長箱之中，頭髮和衣服相當凌亂，因汗水而皺貼在身上，彷彿年貨大街上縮在盒裡的乾魷魚一般，看起來非常地狼狽。福星從未看過這麼落魄的理昂。

「呃！理、理昂？」

這、這是怎樣?!為什麼會放在箱子裡?是特殊play嗎?還是某種冷僻高段的德式幽默?!

理昂緩緩坐起，動作非常僵硬，彷彿機器一般，平日的冷傲及優雅蕩然無存。

他深深地吸了口氣，稍稍伸展了四肢，起身，回首，以冰冷至極的目光射向布拉德，「這筆帳我記著了……」

「在責備之前，你應該先感謝我扛著你和那蠢箱子爬了七層樓。」布拉德不以為然地抓抓下巴，一派輕鬆地開口，「箱子太高進不了電梯，樓梯間又窄又陡，會不小心失誤掉落也是在所難免。不過，忘了把你拎進來確實是我的疏失，抱歉啊。」

福星恍然大悟。

原來剛才的巨響是理昂箱啊……

真是辛苦了。

看著一臉狀況外的福星，珠月主動解釋，「暑期是旅遊旺季，機票不好訂，星期五之前到臺灣的班機只剩早上這班。因為是白天抵達，為了理昂著想，只好委屈他先窩在箱子裡了。」

「所以……他就那樣一路從瑞士到臺灣?」何不用快遞寄來算了!

「沒這麼誇張，」珠月微笑，「只從香港轉機後開始。」

從香港到他家，也要五個多小時吧!

「你還好嗎?」福星關切地開口，順手奉上一杯冰茶。

理昂瞥了福星一眼，「死不了。」接過茶杯，一飲而盡。

門鈴聲響起。吃完冰、嘴邊還沾著兩滴煉乳的洛柯羅神清氣爽地歸返。

「好吃！那個黑黑圓圓QQ的東西，很好吃！晚餐我還要吃那個。」

「那是包心粉圓。晚上帶你去夜市逛。」福星看著睽違二十多天未見的友人們，原先灰暗沉悶的思緒一掃而空，被興奮與喜悅填滿。「好久不見耶。」

「是啊。」珠月笑了笑，上下打量著福星，「你好像長高了？」

「喔，對呀。」福星不好意思地抓了抓頭，「回臺灣之後長了兩公分，遲來的發育期。」也因為這個原因，這陣子筋骨總是痠痛。

紅葉盯著福星的臉，「好像隱約疑似變得有點帥。」

確實。長高的福星，臉上仍有著中學生的青嫩，但也染上了幾分成熟英秀的氣息。雖然不像理昂等人擁有著極致明顯的俊挺，卻有著清新的耐看。

「真是不乾脆的稱讚。」福星吐槽，但仍暗爽在心。「話說，你們的華語怎麼變得這麼溜？」

「終於發現了？」布拉德冷哼，「因為修學旅行要橫越各國，學校規定所有二年級學生在下學期選修兩種語言以方便溝通。畢竟出了學園，少了巴別塔之磚的庇護，語言是個很麻煩的問題。」

「是喔？我怎麼不知道！」慘了慘了，他該不會被留級吧！

「這條規定只限精怪以外的族裔，畢竟精怪類本身具有語言天賦——『基本上』是這樣啦。」丹絹沒好氣地解釋，「要是連自家隊友都無法溝通，那還玩個屁。」
「所以你們都選了中文？」福星受寵若驚，卻又帶了點歉意，「真的很不好意思耶……」
「沒差，不然也不知道要選什麼。」布拉德一臉理所當然地嚼起杯裡的冰塊，「茶沒了。」
「是是是。」福星趕緊奔回廚房，幾秒後奔回，「所以，你們要在這裡待到集合日？」
「是啊。」
「住飯店嗎？」
「不然住你家嗎？」
「可以啊，反正我爸媽不在，下週五才會回來，芙清也留在夏洛姆。如果大家不在意的話，當然歡迎。」琳琳任教的社區大學舉辦員工旅遊，週一就出發前往涼爽的紐西蘭避暑去了。
「可以嗎？」翡翠眼睛一亮，「無條件入住？」
「對啦，免費。水電瓦斯費都不用，這樣明白了嗎？」福星早就摸透了翡翠的心思，主動解釋。
「很好，那我立刻取消飯店。」
「還有我！我也要住福星家！」洛柯羅立即舉手。「絕對要！」
「洛柯羅……」啊，沒想到洛柯羅這傢伙這麼有心，不枉費他平日的苦心餵食。
當福星正感動無比時，洛柯羅又補了一句，「我晚上還要再吃一次樓下的包心粉圓！」
福星的笑容垮下。原來是為了吃……

「那其他人呢？」
「沒意見。」
「都可以……」
「只要和紅葉一起，我住哪裡都可以！」
紅葉摸了摸妙春的頭，「那就留下來，晚上讓福星服務囉。」媚眼一挑，豔笑，「我們來看看，福星有沒有其他地方也長高了。」
「喂！」
「我對住宿不挑。」丹絹申明，「但是冷氣不准關。」
「對對對！」
眾人達成共識。於是，接下來的三天，賀家多了八個訪客，前所未有。

「你們自己看要住哪一間。」福星領著眾人開始導覽。
「走道左邊是老爸老媽的房間，比較大，琳琳整理得很乾淨，只要別弄亂就好。右邊是芙清的房間，有雙人床，她的東西大多搬去夏洛姆了，那房間已經很久沒使用，裡面很空。老爸的和式書齋兼客房裡有床墊，也可以睡人。我房間嘛……」
看著走道最裡側的米白色房門，福星尷尬地猶豫了一秒，「可能有點窄、有點亂，如果要住的話，可能需要點時間整頓一下……並不太推薦啦。」

「放心，我們看過你的寢室。」翡翠拍了拍福星的肩膀，「我們都很瞭解裡面會是怎麼一回事。」

福星乾笑，「謝謝你喔。」這種體貼還真令人難堪呀！

紅葉、妙春和珠月三人住在主臥房；翡翠、丹絹、洛柯羅選擇芙清的房間；布拉德和理昂互相瞪視了數秒，最終仍未得到共識，拎著行李僵持在書房的門前。

「你的房間在那邊。」布拉德指了指躺在客廳、表面破爛的木箱，「闇血族住棺材天經地義，去吧。」

「你的房間在那邊。」理昂指了指大門，「為了警備防盜的功用，狗通常拴在屋外。」

「你說什麼?!」

「或者你連防盜的功用都不具備，只會握手坐下討食?」

氣氛劍拔弩張，燠熱溼黏的天氣消磨了理智、助長了怒意。

「冷靜點，紳士們。」紅葉笑著出聲制止，「注意一下場合，別忘了我們來訪的目的，場面搞僵就不好收拾了。」

「是是是，請高抬貴手，我家的房貸尚未繳清，毀壞的話我爸會吐血。」福星也趕緊安撫，「不然我馬上把房間整理好，晚上理昂就可以睡我房間了。」

「那你呢?」

「睡客廳沙發啊。」

理昂皺眉，沉默了幾秒，輕嘆了聲。「你──」你留在自己的房間吧，我去睡客廳。

正想要這麼開口，卻被布拉德打斷。

「算了，我睡客廳。」布拉德率然開口，沒好氣地哼了聲，「反正也才住兩天，沒差。」

「真的嗎？」福星受寵若驚，喜出望外地道，「布拉德你真是好人！謝謝耶！」

理昂沉默。看著福星握著布拉德的手，開心地千恩萬謝，他心裡有種不是滋味的鬱悶。

天氣溼熱，人心也隨之悶躁了起來。

眾人分配好各自的臥室，便入住小憩。舟車勞頓，一路奔波，即使是特殊生命體也不免感到疲累。

傍晚五點多，小花開著休旅車來到福星家樓下。

下了車，甩上車門，「好久不見。」

「好久不見，這是妳的車喔？」好酷！

「是啊。」小花瞥了眼站在騎樓下方、極為顯眼的一伙人，揚起嘴角，低語，「比我預期的多。」

「什麼？」

「沒。接下來的行程是士林夜市？」

「對對對，晚上有空的話還可以上陽明山看星星。」

「今天雲層很厚，晚上去陽明山只有四腳獸可以看。」小花立即否決，「總之，先出發吧。我的車只能裝七人，剩下兩人可能要另外坐車去。」

福星露出得意的神情，「不用擔心。」哼哼哼，終於輪到他表現了！「我可以騎機車載人過去！」

存了好久的錢，今年暑假，福星終於將渴望已久的愛車迎回，藍色RACING 150，他的彎道情人兼公路戰神！

眾人愣愣，「你會騎機車？」

「有駕照嗎？」

「自以為會騎和真的會騎有差，這和湯姆熊的模擬機車不一樣喔。」

「我都二十歲了！駕照前年早就考過了啦！」可惡，太瞧不起人了吧！「那，誰要給我載？」

眾人互看一眼，氣氛頓時陷入一陣微妙的沉默。

「都沒有喔？」福星露出有點受傷的表情。

「不然抽籤吧！」珠月拿出一包彩虹糖，「拿到白色的就和福星同車。」

提議通過。眾人輪流伸手取出一顆糖放在掌心。

「我是紅色！」

「橘色。」

「藍。」布拉德開口，發現珠月也拿到相同的顏色，莫名地感到一陣愉悅。
「綠色。」妙春和洛柯羅同時開口。
「我拿到白色。」理昂冷聲宣告，下一秒將糖丟入嘴中，「別耽誤時間，走吧。」
眾人鬆了口氣，也對理昂的爽快感到有些詫然。只有珠月用著似笑非笑的目光盯著理昂。
「等會兒見。」眾人紛紛坐進小花的車。
「保重啦。」布拉德經過理昂時拍了拍理昂的肩。
「哼……」
福星領著理昂來到地下室車庫。
「呃，你真的要讓我載？」
「你不願意？」
「我哪敢！」
福星有點訝異。沒想到理昂會這麼乾脆，讓他有點感動。
今天是他的幸運日嗎？為什麼一直有讓他感動的事發生？
腳步在寶藍色的機車前面停下，福星拿起掛在車把上的粉紅色派大星安全帽戴上。
「這是你的車？」
「是啊。」
「不錯。」理昂由衷讚賞。

福星揚起嘴角，「謝謝。」

打開置物箱，他拿出另一頂綠色西瓜皮花紋的安全帽，遲疑了一下，遞給理昂。

「呃……我只剩下這頂。」

「一定要戴嗎？」

「不戴會被罰錢，還是說你要戴我這頂？」

看著福星頭上那笑得傻呵呵的派大星，理昂無奈地長嘆一口氣，接下帽子，戴上扣好。

他越來越擅長妥協……

福星騎上機車，朝理昂露出自以為帥氣的笑容，「上車吧。」

理昂跨上福星的車，坐定。

福星回眸，以不可一世的瀟灑語氣開口，「坐穩囉。等會兒車速太快，你可以抱我的腰。」

理昂深吸了一口氣，「請不要引誘我扭斷你的脖子……」

福星嘿嘿乾笑，發動了車子。

雲層比剛才更厚、更陰，天頂傳來隱隱的雷聲。

千萬別下雨……

當理昂正暗忖時，細細的水滴打落臉頰。

不妙……

川流不息的人潮占滿道路，彷彿肉色的河流，壅塞著夜市的所有空隙。入夜，商家的燈火與車燈，將夜市渲染得耀目如畫，在溼潤的地面上照映出街景，水光燈光彼此輝映。如此熱鬧的場景，完全看不出不久前才下了一場傾盆午後雷雨。

當福星和理昂冒著風雨抵達夜市時，已經過了一小時。

「搞什麼鬼，這麼——」在停車場等得不耐煩的布拉德本想開罵，但看到福星和理昂狼狽的模樣，話便收入口中。

兩個人渾身溼透，臉上因街道骯髒的空氣而有些髒汙，壓在安全帽下半溼的頭髮凌亂不已。

「不好意思，下雨塞車了。」福星傻笑，「不然本來很快就會到的。」

眾人看看福星，又看了看憔悴慘白的理昂，欲言又止了一番，最後決定留給這英勇闇血族最後的尊嚴。

辛苦了，理昂。

「那，開始逛吧！」洛柯羅迫不及待，「我要吃雪花冰、雞排、烤年糕、珍珠奶茶！還有那個黏黏稠稠黃黃綠綠的東西！」

「那是蚵仔煎啦。」福星沒好氣地開口，「好，那麼跟好囉！出發！」

領著眾人，穿梭在人來人往的窄巷之中。託布拉德一行人的福，那出眾的外貌讓所有路人驚豔，紛紛駐足讓路，通行無阻。

並且得到了不少折扣。

「這實在……太棒了！」望著眼前幾乎和頭頂齊高的雪花冰，洛柯羅感動得眼眶泛淚，「五十元臺幣竟然這麼大碗！我愛臺灣！」

福星忍不住偷笑。又一個被洛柯羅迷倒的店員。

布拉德和丹絹好奇地嘗試了腳底按摩，對此讚不絕口。兩個人癱在長椅上，頭肩彼此相靠，露出登仙般的恍惚表情——這些畫面都被小花一一拍下。

「回去再用 Photoshop 後製，加點效果，會賣得更好……」小花低頭對著妙春小聲嘀咕。

妙春點點頭，露出贊同的表情，「我瞭解。」然後看向正盯著那兩人、一臉詭笑的珠月。

福星感到一陣毛骨悚然。

拜託不要教壞小孩啊……

翡翠對夾娃娃機有著極高的興趣。看著那些夾了半天一無所獲、卻又不斷投錢的挑戰者，他顯得十分驚喜，一臉算計。

福星偷笑。下學期在學生餐廳看見夾娃娃機，他也不意外了。

在夜市晃了一圈，時間也過了兩小時。除了理昂，每個人都吃得肚子凸起，意猶未盡。

經過某個攤子時，福星被吸引了目光。

那是製作鋁線工藝的攤位。剛硬冰冷的鋁線染成各種鮮豔色彩，在老闆的巧手下，一氣呵成地折出流暢的線條，化成美麗精巧的飾品。

「看看喔。可以折指定的字唷。」年輕的老闆一邊折著手中的工藝品，一邊招呼。

「很可愛呢。」珠月笑著走近，「有興趣嗎？」

「呃……還好……」福星回答，目光仍盯著放在一旁的樣品上。

翡翠等人了然於心。

「想要嗎？」

「還好……」

「不然，大家都買吧。」紅葉提議，「每個人都折一個自己的名字，做為這次來臺灣的紀念，怎麼樣？」

福星的眼底閃起興奮的神色，「真的嗎？」

「嗯。」

「我要我要！我要桃色，看起來像雷根糖！」

「可以。」

「反正不貴……」

福星開心地和大家挑選鋁線，和老闆溝通。

三十分鐘後，每個人分別拿到屬於自己的名字折字。

福星拿著水藍色的「LUCKY STAR」，放在掌心端詳許久。

他覺得好開心。

並不是因為買到自己想要的東西，而是——

他和他的伙伴擁有相同的紀念品，有著專屬於他們的回憶。

返家時，再度面臨乘車問題。

這次珠月自告奮勇讓福星載，但立即被布拉德擋下。

「妳回休旅車吧。」布拉德搶在珠月之前接下福星手中的瓜皮安全帽，戴上。「我和福星一起。」

「真的嗎？」珠月有點驚訝。

「剛好想吹吹晚風……」布拉德望向天空。

「嗯，謝謝！」珠月鬆了口氣，感激地揮著手，走向小花的白色休旅車。

「布拉德，沒想到你這麼想給我載。」福星感動地看著布拉德，「讓我帶你飛向天空吧！」

「少說那種不吉利的屁話。」布拉德用力拍了福星戴著安全帽的後腦一記，「給我好好騎在地面上！老子還不想太早步上天國的階梯！」

「是是是。」福星趕緊上車，發動車子。

布拉德跨上後座，一手直接搭在福星肩上。

「給我好好騎。」布拉德威嚇，「我會隨時『提醒』你的。」語畢用力捏了捏福星的肩窩。

他看到傍晚理昂下車時的臉色，只能說，簡直比今天下午開箱時還糟。

既然如此，他怎麼可能讓珠月坐上這種死亡班車！

「知道啦！人家可是安全駕駛！」發動車子，福星催下油門，「走囉。」

話語方落，寶藍色的車身如閃電暴衝而出，奔馳在筆直的公路上。

布拉德根本來不及喝阻，差點落車，趕緊抓住後方的握杆，保持平衡。

「賀福星——」

狼嚎般的咆哮響起，但立即被往來行車聲、喇叭聲、風聲淹沒……

一小時後，寶藍色機車緩緩駛入靜謐的巷中社區，停駐。

乘著電梯上樓，開啟賀家大門，不耐煩的抱怨聲隨之響起。

「沒下雨又沒塞車，為什麼搞這麼久！」丹絹雙手環胸質問。

「不好意思啦，」福星抓頭乾笑，「剛剛路邊有警察臨檢，心驚之下轉錯彎，跑上山去，繞了點遠路，嘿嘿……」

「你不是有駕照？」

福星故作俏皮地吐舌眨眼，「反射動作啦，嘿嘿……」以前無照時躲警察躲慣了，一時積習難改！

相較於福星的神清氣爽，跟著他進屋的布拉德顯得過分槁木死灰，和早上剛開箱的理昂有得比。

看著布拉德慘淡的表情，理昂冷漠的嘴角忍不住勾起一絲幸災樂禍的笑容。

「啊，對了，」福星突然想到，「你們沒鑰匙是怎麼進屋的？用咒語喔？」

「拜託，大門那種爛鎖，用根髮夾就開了。」小花翻了翻白眼，「好歹也裝個保全系統吧？」

「保全很貴，況且這裡離派出所很近，我爸和里長關係不錯，他們都會幫忙注意，所以不用擔心小偷啦！」

眾人互看一眼。

並不是防小偷，而是防白三角啊！

一般居住在市區的特殊生命體，都會安裝嚴密的保全及監視系統，以防白三角入侵，並且能在有異狀時第一時間選擇還擊或撤離。

小偷強盜什麼的，根本不在防備名單之內。

看來福星的天兵與異於常人，和家人有密切關係。

翡翠低頭看了看錶，十一點三十八分。

「託他晚到的福，時間也差不多了。」

福星完全狀況外。

「啊，什麼？」什麼時間？大家要走了嗎？

原本站立著擋在茶几前面的眾人，向兩旁讓開。

方形的茶几上，疊滿了大大小小包裝精美的禮物，以及成堆的餅乾零食，還有一個超大的雙層蛋糕，上面插了數字 20 的蠟燭。

福星瞪著桌面上的物品，一時之間反應不過來，理解力喪失。

「這是要幹嘛？拜拜嗎？」

翡翠挑眉，轉頭望向布拉德，「剛剛路上出車禍了嗎？這傢伙是不是腦子受到重擊？」

「沒有，雖然很多次只差一點……」回想起方才的路程，布拉德的表情又一陣慘綠。

翡翠轉向福星，「你不知道明天是什麼日子？」

「明天？七月十七日……」有點熟悉！

「你連自己的生日都忘了?!」紅葉有點不可置信。

福星瞪大了眼，瞠目結舌。

生日？噢，對，七月十七日是他的生日。

所以——

「呃……你們是來幫我慶生的？」福星不太確定地提問。

「不然是來參加你的公祭嗎？」小花沒好氣地冷哼。

福星站在原地，腦中一片空白。

好不真實……

這是夢嗎？會不會現在其實還在下午，他正躺在沙發上做著午後的白日夢？

「你還好嗎？」珠月關切，「你好像很訝異。」

「我家不慶生的。」福星吶吶地開口。他也是兩年前知道自己是蝙蝠精後，才曉得家裡不過生日的理由。「我爸說，生日對特殊生命體不重要，因為我們會活很久。只有年歲有限的人類要記住生日，慶幸活過了多少年頭，並數算預估剩下的年壽……」

「聽起來真沉重。」紅葉輕笑，「不就是個紀念日，一年一次歡慶的日子，不用想這麼多吧。」

「不喜歡嗎？福星。」洛柯羅一臉擔憂，「那個蛋糕是我選的，香草口味，福星比較喜歡草莓或巧克力嗎？」

「怎麼會不喜歡！只是……」

只是這樣的幸福，遠遠超出他的預想，讓他小小的心靈有點過分飽和。彷彿飢餓已久的難民，突然得到一桌滿漢全席。

難以言喻的感謝與感動填塞心中。

二十年來，第一次有朋友在暑假時特意來拜訪他。國小國中時的同學大多住同學區，但下了課之後卻老死不相往來。夏洛姆的伙伴來自不同國家，卻飛躍汪洋，聚集到他所居住的都市。

並且，記得他的生日，為他慶生。

「為什麼突然想到幫我慶生？」

「本來大家只是計畫到你家拜訪，但是理昂否決，」翡翠看了理昂一眼。對方撇過頭，擺出一副冷漠超然的模樣。「他說七月十七日是你的生日，說不定你會想和家人一起過。」

「理昂，你記得我的生日喔？」

「之前填住宿生聯絡表，恰巧看到，恰巧沒忘。」理昂冷冷地回應，彷彿是件令人困擾的事。

翡翠道，「後來去問了芙清，她說你們家不過生日，大家暑假都有各自的活動，叫我們不用擔心。就這樣。」

「謝謝耶！」福星簡直感激涕零，差點下跪，「謝謝謝謝謝謝謝謝！」

被福星這樣道謝，大伙既是窩心，又覺得不好意思。

「好啦好啦，先拆禮物。」小花催促，「整點再來吹蠟燭許願吧。」

「嗯！」福星用力點頭，高興地坐下。

布拉德送的是鍛鍊肌肉的健身器材，附上獨家熬製、可增強體力的藥湯；小花準備的是單眼相機和鏡子，感覺有點羞辱人的意味；丹絹把之前學園祭時做的西裝修改成福星的尺寸，並且在細部修飾得更加精美，還送上了一大本和電話簿一樣厚、各科筆記的重點整理。

珠月送了晶瑩的蛟族琉璃珠，觸碰著淺藍色的水琉璃，通體清涼；紅葉帶來一大瓶清酒和一疊沒有封面的光碟，從她曖昧深遠的笑容，福星大概可以推測出光碟的內容。

應該是日語教學的相關影片吧，他絕對會找時間認真研讀！

妙春則是送上親手做的和菓子，附上自己畫的卡片；翡翠準備了許多新款遊戲光碟，正好是他前陣子在預購階段就渴望很久的遊戲，沒想到翡翠竟然記得！

理昂則是交給他兩把輕盈的短刀，以及可收放刀刃的皮製腰帶。福星實在很好奇他是怎麼通過海關安檢的。

桌上的一堆零食和蛋糕則是洛柯羅的心意。

超出負荷的幸福，讓福星不禁心虛。

可以嗎？真的可以嗎？

賀福星，憑什麼？真的可以這樣嗎？

他由衷地慶幸自己是特殊生命體，慶幸自己進入了夏洛姆。不然，眼前的一切根本不會有機會發生！

牆上的時鐘響起，宣告著新的一日的開啟。

「福星，生日快樂。」

「許願吧。」

「嗯！」福星用力吹熄燭火。

他沒有什麼願望要許，因為他期待的事、超出他期待的事，全都實現了！

他只希望時間永遠停在這一刻。

希望他和這群朋友永遠不要分開——

Chapter02

即使是校外教學也要一起睡

SHALOM ACADEMY

入夜七點，最後一道夕陽餘暉隱沒入海平面之下，拉扯下綴滿點點星斗的闇夜之幕。

泰國．芭達雅，擁有泰國黃金海岸之稱的濱海都市。

海濱的路燈在夜幕降臨時亮起，海洋、沙灘，以及濃密的熱帶闊葉植物，打造出濃厚而道地的南洋風味。

靠近北方的海岸頂級五星級 Villa，燈火通明。不同風格的建築座落其中，宛如精美別墅聚落，在燈光的綴染下，顯得華美而氣派。

今夜，豪華的度假村被豪邁地包下——擁有豐厚資產及大批贊助者的夏洛姆學園，將此地做為夏季修學旅行的起始點。

十八日傍晚學員們便陸續抵達，十九日入夜時全員到齊。換上輕便夏裝，學員們帶著期待和興奮，聚集在度假村的中央廣場上。

廣場內迴盪著騷動及喧囂，畢竟有關修學旅行的傳聞甚多，在出發之前，各種流言蜚語便在學員之間擴散。已畢業的校友相當有默契，完全不透露任何訊息給自己的學弟妹，讓修學旅行增添不少神祕色彩。

「到時候就知道了，不要作弊。」當福星向八年前畢業的老姐打探消息時，賀芙清冷著臉如此回應。

只是問一下有個心理準備而已，哪算作弊呀……福星悻悻然地心想。

夜間十一點整，夏洛姆的教職員，以及學員領導者——桑珌，出現場中。學員們識相地停止喧鬧，吵雜聲瞬間收起。大多數教職員工也入境隨俗地換上輕便的夏裝，但桑珌仍穿著米白色的長袍，一如以往地散發出肅穆莊嚴的氣息。

另一名穿著不合時宜服裝的，是寒川。

好不容易修復了幻形咒語，寒川以那萬年臭臉中年男子的外型出現，身穿一襲深灰色西裝站在教職員區，以鷹眼掃射著底下的學生，宛如死神，與度假村格格不入。

看著這樣的寒川，福星開始懷念那個可愛小正太。

桑珌走向眾人，以沉穩平靜有如祭司般的口吻開口，「夜安。恭喜，並感謝諸位已留在夏洛姆兩年。這是最後的暑假，標示著離校日期的倒數計時即將開始。」

聽到這句話，福星震了一下。

離校……

抗斥感從心底油然而生。

「升上三年級後，諸位將是夏洛姆中地位僅次於教職員的資深成員。修學旅行算是諸位的成年禮，將各位磨練成有能耐帶領晚輩的前輩。」

接著，桑珌退到一旁，葛雷教授走到前方開始解說規則。

夏洛姆修學旅行，以整個世界為範圍，設下兩百多個據點，為期三週。當然，不可能只是讓學生玩耍而已。

南北兩校的學生各自分成數個小隊，隊員人數「不限」。兩校人馬隨機分成兩路，一路向東、一路西行——這麼做純粹是為了疏散人數避免擁擠。

每人會拿到一本導引手冊，上頭附有提示據點的謎題。必須解開謎題，前往據點簽到，在手冊上留下印花。每隊至少收集到三十三個印花才算合格，否則必須負擔整趟旅程的費用。優勝者則會得到豐厚的獎金。

非常刺激。

「原則是這樣，詳細規則都在導引手冊裡。」葛雷彈指，潛伏在角落的布朗尼抱著一大疊小冊子出現，以極高的效率發放給所有的學員。

手冊大約三十多頁，深藍色的精裝封面上印著燙金的「第三百二十四屆夏洛姆修學旅行導引手冊」字樣。

翻了翻內容，前幾頁是活動規則，接下來數十頁則列滿了一條又一條圖文夾雜的據點提示。

東。守護首都之新世紀地下水神殿。

東。被棄之都，死者之丘。

西。美麗處子國王之殿。

西。糕點之都。

東。海上華亭……

福星覺得自己像是在看數學課本一樣，一整個無解。

手冊的最後一頁，闇紅色的字體標示著「淨化的獎賞」，本頁只有一道題目。頁面上是一個三角形，三角形的正中央被一道紅色的橫線貫穿。下方的文字提示則是「傾倒不公正的法儀」。

這是什麼東西啊？

周遭傳出窸窸窣窣的騷動聲，福星發現有不少人和他一樣翻到最後一頁。

「我想，有些人注意到最後一頁的提示，也有不少人瞭解這是什麼意思。」葛雷適時地出聲解說，壓下疑惑的騷動。

「不用緊張，那題算是加分題。畢竟，夏洛姆的成立宗旨之一便是保衛特殊生命體。」和諧的學校生活中，隱隱包裝了現實殘酷的一面。

「我們不強求各位完成這項任務，但如果有勇士想挑戰的話，學園將對你致上最高敬意——前提是能夠歸返。」

當葛雷說完的時候，場內陷入微妙的靜默之中。有不少人臉上露出堅毅的神色，彷彿下定了決心一般。

桑珌再度走向臺前，「希望各位能夠有趟充實的旅程，讓修學旅行彰顯出它的價值。因為是修練，所以有它的難度與風險；但也是旅行，所以有它的輕鬆與樂趣，端看諸位決定用什麼樣的態度去面對。」

桑珌沉聲宣布，「在此宣告，修學旅行正式開始，至八月九日十一點為終止之時，於格林威治相會。」

桑珌停頓了一秒，露出罕見的微笑，「玩得開心。」

興奮的歡呼聲如驟雷響起，學員們迅速散開，與同伴們研擬計畫。

福星一行人緩緩步回小屋，一路上看到有人已匆匆背著行囊準備出發前往據點。

有必要那麼趕嗎？

相較於其他學員的積極，看著悠閒的隊友們，福星因此感到著急。

洛柯羅躺在竹製長椅上，開心地喝著不知道今晚第幾杯的南洋特調果汁；理昂坐在開啟的落地窗旁，吹著晚風看著深奧的書；妙春和紅葉坐在木地板上，欣賞著這兩天從皇家花園廣場購物中心和曼谷安帕瓦市集買來的戰利品；翡翠則拿著計算機，清算這兩日的花費和餘額。

長版上衣底下早已換上泳裝的珠月，似乎迫不及待地想去那綴有霓虹燈光的游泳池戲水；晚餐不小心吃到琵琶蝦的布拉德，臉色和洛柯羅杯子上放的奇異果差不多，但即使如此，他的目光仍不懈地在珠月身上流連忘返；小花坐在布拉德不遠處，看似在沉思，但目光也是不懈地在布拉德解開釦子的胸前流連忘返——簡直是食物鏈。

「那麼接下來要怎麼辦？」福星焦急地開口，「已經有人出發了，我們是不是——」

「還有三週，不是嗎？」

「慢慢來。」

「可是，」福星翻開導引手冊，眉頭再度糾結，「這些提示好難，要解開應該要花不少時間吧……」

「哼哼哼！」丹絹突然發出不可一世的怪笑，吸引住大家的注意。

「小蜘蛛，屁眼在癢要噴絲了嗎？」紅葉輕笑。

「住口，低級的女人！」丹絹怒斥，接著露出高人一等的傲笑，「平時總是瞧不起我的睿智，看不起知識的力量，這次得拜倒在我的智慧之下了吧！這上頭的謎題，我已經解開三分之二了！」

「我們並沒有瞧不起你啊。」珠月趕緊安撫。

「只是覺得你有點聒噪、有點煩而已。」布拉德懶懶地吐槽。

「哼！」丹絹怒瞪眾人一眼，「那你們自己去想辦法吧！」語畢，率然甩頭步上二樓的休息室。

看著隊裡唯一的智囊負氣離去，福星慌了手腳。

「怎麼辦？」

「我和你賭，十分鐘以內，他會自己下來。」翡翠壓低聲音向福星低語。

果然，不到三分鐘，丹絹一臉沒好氣地走下來。

「算了，我可不想讓自己名列失敗的組別之中。」他長嘆了一口氣，好像很勉強，「既然同隊，就有義務擔當弱者的不足……」

「是是是，丹絹您能者多勞，正是能力越大、責任越大啊！」福星趕緊恭請丹絹坐下帶領討論，然後回到自己的位置上。

「這就是我堅持和他同隊的原因。不得不承認，這傢伙雖然龜毛又討人厭，但在某些莫名其妙的場合確實有那麼兩下子。」翡翠小聲竊笑。「十塊美金。」

「什麼？我又沒有說要和你賭！」

「但你也沒說不要。」

福星悻悻然地拿出錢包。可惡的臭精靈！

「噢噢，這個我大概知道是哪裡。」紅葉看著手冊，「福星想去日本嗎？」

「喔，好啊！」

「我們是東行組，也就是從出發點由西向東前進。這樣的話，應該先解決掉東亞的據點，再朝美西、歐陸前進。」

「最近的據點應該是這個——海上華亭。」丹絹開口，「海上和華亭，都是上海的別稱。至於簽到點……」提示旁畫了個以圓圈和直線構成、像串丸子的圖案，「應該是上海市地標——東方明珠。」

「好，那麼就先往這邊。」

「明天下午再走可以嗎？我還想再去Siam Paragon逛一下！」紅葉一臉躍躍欲試，似乎迫不及待灑錢餵養自己的購物欲。

「到了上海可以讓妳買到手軟。二十號清晨一點多有一班飛機，我們可以在日出之前趕到。」丹絹發出一聲輕嘆，有點不可一世。

「何不現在就走，剛好趕上特種行業的活躍時間。這樣你開心了吧？」紅葉沒好氣地回應。

「低級！我豈是會去那種場合的人！」

「是啊是啊，畢竟人家也有挑客人的權利，你還是在飛機的廁所裡繼續操練那靈巧的手指吧。」紅葉懶懶地打了個呵欠，在丹絹要開始咆哮之前，指著桌面上的世界地圖開口。

「若是第一站選擇上海，第二站可以繼續往北飛到河南，然後再往日本東京。中國境內雖然有很多據點，但是走起來不順路。如果想要在最短時間遊歷完最多國家的話，同一個區塊不能停太久。」

「為什麼要到河南？」

「第七頁，倒數第六條。『東。五遷之都。地下之都。尚鬼者之都，好酒者之都。王者之宮，殉者之殿。20060713。』」紅葉以指尖輕點著導引手冊，「這是在講河南安陽的殷墟吧。」

盤庚五遷國都，最終定都於殷。尚鬼、好酒，皆是殷人的特性。

20060713，指的是殷墟在二〇〇六年七月十三日正式被列入世界文化遺產的那一天。

「妳怎麼知道？」丹絹很驚異地問道。

「幾年前我交了個考古學系的男友，在它被列入文化遺產之前有去玩過。」紅葉燦笑，「東大的唷！哈哈。」

丹絹詫異地盯著紅葉，雖然有點不甘願，但無法掩飾眼底明顯的讚賞。

「殷墟的總面積可是有七十一公頃吶。」搜索整個區域的話，只會讓自己也變成古蹟的一部分。「王者之宮，殉者之殿，指的是王陵遺址。殷商王室有人殉的傳統，大量的羌族俘虜斬首陪葬於王陵之中。」

「哇，小蛛蛛好厲害喔。」紅葉伸手揉了揉丹絹的頭，像哄弄小孩子一般。

丹絹輕輕撥開紅葉的手，勾起嘴角，「這是常識。」

翡翠看著丹絹的反應，略微詫異。具有極度潔癖和龜毛的丹絹，很不喜歡與人肢體接觸。

「**誰知道他們身上帶了什麼病毒？說不定他前一刻才在寢室內自我愉悅。我可不想被滿是精蟲或尿垢的手觸碰。**」——這是丹絹說過的話。

高傲自戀的蜘蛛精，什麼時候開始變得這麼「親切」？

翡翠搔了搔下巴，玩味地看著寢室裡的人們。

改變的，不只丹絹。

兩年前的他，絕對無法想像，他會和這些人組隊參加修學旅行。他想，這些人應該也意想不到會如此吧。

理昂、布拉德、紅葉、妙春、洛柯羅、珠月都變了不少，連他自己也是。每個人改變的方向不同，卻有一個共同點——越來越人性化、越來越像個人類。

特殊生命體的情緒起伏不大，不會影響思緒和判斷，且最常出現憤怒和仇恨這兩種情緒。雖然各自有從屬的族群或團體，但基本上都是獨善其身，和他人的互動是以簡潔而單純的利益關係所構築。

然而，這些特質，漸漸轉變。他們開始會因為他人而受到情緒影響，關切與自身無關緊要的人。

唯一不變的，只有導致這一切變動的根源。

不變的只有賀福星。

翡翠不知道這樣的變化是好還是壞。

太多的情感，在關鍵時刻會礙事。

但要他回到以往的自己……

很難。也很不想。

「東京的據點在哪裡?」福星翻著導引手冊，完全沒有頭緒，「去東京的話可以停留久一點嗎?我要買些東西。」

「『東。守護首都之新世紀地下水神殿。』這個指的是位在東京北邊，琦玉縣下方二十二層樓深的首都圈外郭水路。這是蓋在地下的水庫，可以防洪蓄水，有不少特攝片是在那裡拍的。」紅葉侃侃而談。

眾人一時不知作何反應。這麼博學多聞的紅葉，和平常遊戲人間的形象相差太大。

「啊啦？怎麼，吃驚嗎？以為我只對購物和色欲方面的事內行？」紅葉輕笑，「與其每天囉囉唆唆地宣告自己腦中的知識，我更喜歡把嘴巴用在其他方面。」

「哪方面？」福星傻傻地發問。

紅葉勾起嘴角，「要我教你嗎？」

「丹絹比較需要吧。」妙春突然天真地插話，「但是翡翠可以教他，布拉德也可以。」

在一旁啜飲特調果汁的翡翠猛地嗆咳。

然後，眾人心照不宣地把目光掃向始作俑者。

小花事不關己地搖著扇子賞月，「怪我囉？放在衣櫃裡的那箱漫畫可不是我的……」

什麼啊？

當眾人摸不著頭緒時，珠月突然站起來，開朗得極不自然地開口，「紅葉太厲害了！真是深藏不露，美豔與智慧兼具！噢，已經九點多了呢，我們是不是該把握時間收拾東西，準備前往機場了呢？」

到底是什麼樣的漫畫啊？在前往機場的路上，福星一直好奇地想追問，但野性的本能在潛意識裡如此告訴他：不要問，你會怕。

凌晨五點。上海，浦東國際機場。深黑的天空隨著航行緩緩轉淡，此時已變為暗沉的灰藍。

下了機，眾人火速搭上機場巴士，前往位於市區的頂級飯店。距離規定的入房時間還有幾個小時，但這點小問題在狐妖的精神暗示下，輕鬆解決。

飯店大廳漸漸透入白熾的日光。穿著風衣、戴著帽子和墨鏡的理昂，看起來相當冷淡從容。進了室內，已經不必擔心日曬，況且防曬措施完善的話，短暫的日照對闇血族是不會有太大影響的。

「一間四人房加一張床、兩間雙人房、一間單人房，這是您的鑰匙。」櫃檯服務人員將磁卡鑰匙擺上。

福星火速拿起其中一片磁卡，拖著行李箱，拉著理昂，朝電梯衝去。

「他在趕什麼？」看著福星的背影，洛柯羅好奇。

「可能急著想和理昂獨處吧。」妙春一副老謀深算的模樣。「被熾烈之欲所控制的少年渴求著以愛為名的凌辱。」

「噢，原來如此。」洛柯羅點頭裝懂。

「這麼長又詭異的標語妳竟然記得住！」小花挑眉讚嘆。

妙春露出得意的表情。「人家會很多漢字喔！」

「小花，」紅葉皺眉，「不要教妙春奇怪的東西！」

「又怪我？」小花目光掃向珠月。「要不要來解釋一下呢？」

「福星應該只是擔心理昂被太陽曬到。好好，走吧走吧，我們也快點回房間休息！」珠月再度漾起過分開朗的笑容，催促著大家動身。

福星拉著理昂衝入房中，在天空魚肚翻白的前一刻，拉下厚重窗簾。

「Safe! 危機解除！」

根本沒有所謂的危機。

理昂本想這麼說的，但是看著一臉滿足安心的福星，便將話收回。

算了。

況且，被這樣關心重視，感覺……還不賴。

脫下墨鏡，解下帽子和外衣，轉身正要整頓行李時，理昂白皙的俊顏僵硬。

「……這是雙人房。」

「有什麼問題嗎？」福星不解反問。

「我要的是單人房。」

「噢，抱歉，我拿了鑰匙就走，一時沒注意……」福星抓了抓頭，「和我一起住不好嗎？反正我們都同寢兩年了。」

理昂深吸了一口氣，「雙人房我可以接受。」望向內側的床區，「但，雙人床……」

「啊，真的耶。」嗯，這樣好像有點不妥。「我、我幫你問一下。」

福星拿起電話，撥出房間分機號碼，在話筒邊嘀嘀咕咕好一陣，最後帶著尷尬的笑容放下電話。

「那個……單人房好像被妙春和紅葉住進去了，另一間雙人房是小花和珠月，她們似乎不是很想換。」

特別是珠月，不知為何，一開始還有些猶豫，但一聽見福星和理昂住雙人床的房間之後，態度立刻變得很堅決。

「呃，然後櫃檯說，目前只剩總統套房……」

理昂長嘆。

「我、我睡沙發啦！這沙發看起來很不錯！」福星走到柔軟的長沙發旁，用力地拍了兩下，「比我家的床還舒服的樣子！」

「隨你便……」

反正白晝是入眠時間，夜間才是他活躍的時刻，並沒太大影響。

過了幾分鐘，房裡電話響起，福星接起電話，接著是一陣開心的應答。

「紅葉他們說要去外灘逛。」

「嗯。」所以？

福星遲疑了一下，「但是，你一個人——」

「現在是我的就寢時間，我不想被打擾。」理昂冷聲開口，打斷福星的猶豫和掛慮。

「這樣喔……那，我和他們出去囉。別擔心，我會帶名產回來的！」

理昂不語，拎著行李走入內側床區，關燈，床區內側一片黑暗。

福星盯著理昂離去的方向，皺了皺眉，停頓了片刻，輕嘆了聲，背起背包，出外和同伴會合。

房門闔上，電子鎖發出輕脆聲響。

理昂鬆了口氣。

躺在床上，看著包圍著自己的黑暗，令他熟悉而安心的黑暗。寬大的雙人床，過分柔軟，反而令人不太自在。

又亂了。

他當初交代要單人房，不只是為了保有個人的空間，也為了不影響同行者。

闇血族的生理時鐘與一般晝行物種不同，受時間限制，不利於小隊行動。參與活動的闇血族大多選擇和同類組隊，並且專攻目前處於冬季、夜長晝短的南半球國家行動。當初有不少闇血族企圖拉攏他入隊，但被他以沉默和冷漠拒絕。

理昂輕笑。

不知不覺間，他也成了族裡口中的異類啊……莉雅看到這樣的他，不知會怎麼想？

外灘位於租界區，是上海近代城市開發的起點之一。高度現代化的都市，密集地矗立了摩天樓、商業大樓以及豪宅大廈。嶄新的現代建築、各種風格的歐式樓房，以及古典東方老樓交雜共處，形成時空錯置的感覺，有一種既唐突又和諧的美。

「一陣子沒來，這裡變了不少。」丹絹邊走邊看著兩側的街景，感嘆，「人變得更多了。」

「是啊。」珠月輕嘆，望向遠處的江水碧波，「太熱鬧了，不能久居。這裡的長棲型蛟族應該都往西南雲貴搬遷了。」

「東北那裡不賴，大部分的山區保留得不錯，有些部族還保持著原樣，近年來有很多原先外移的人口返回，也有些原本在都會區邊緣帶的部落搬遷過來。那裡空淨水清，住起來很舒服，就是太過偏僻。」丹絹停頓了一下，「不過，這幾年新接了網路，方便了許多。」

「聽起來不錯。」珠月微笑，「我看之後搬去那裡住好了。到時候有勞你關照了！」

原本在一旁揪著臉靜靜喝著青茶的布拉德，突然用力地重咳了兩聲。

福星沒好氣地看向布拉德，小聲低語，「都兩年了，也該換個招式了吧……」

布拉德怒瞪福星一眼，然後對著珠月開口，「加州……也很不錯。自然生態保留完整，而且也很方便。」他停頓了一秒，「當然，也很適合長期定居……」

布拉德越說越小聲。福星和紅葉、翡翠相視一眼，掩嘴偷笑。

「噢，我沒去過呢。之後如果有機會去的話，就請布拉德帶路囉！」

「有機會的。」布拉德拿出導引手冊，翻到其中一頁，「『西。殺手之谷。原生之域。

雪白花嫁。1890。』這個指的是位於加州中西部的優勝美地國家公園。優勝美地是當地阿瓦尼奇族的語言，意思是殺手。園內有百分之九十五的原生地域。一八九〇是此處成立為國家公園的年代。至於雪白花嫁，我想應該指的是新娘面紗瀑布。」

「你怎麼知道？」福星非常訝異。

「真是出人意料。」丹絹由衷讚嘆，「我以為你的腦子也長肌肉，沒想到它竟然能發揮應有的功能！不錯不錯，這樣很好！加油啊！」丹絹欣慰地拍了拍布拉德的肩，彷彿看見學生迷途知返的明師一般。

「想被一掌拍死嗎，臭蜘蛛。」布拉德皮笑肉不笑，手指關節喀啦作響。

「布拉德好棒喔，懂得好多。」珠月崇拜地看著布拉德，「那，去完日本之後，下一站就前往那裡吧，到時候就麻煩你當嚮導了。」

「嗯……」布拉德淡淡地應了聲，繼續著腳步，但耳根子明顯變紅。

搭著公車，一行人走走停停，隨興遊賞。近午時分抵達陳毅廣場，在附近的速食店隨意解決午餐後，直接搭上外灘觀光隧道的列車。觀賞著隧道內五光十色的影像，光影交錯、炫目繚亂，配上逼真音響，讓人彷彿身處幻境之中。

全長六百四十六公尺的隧道，沒花太多時間就抵達終點。出了站，第一個據點映入眼中。高聳的東方明珠，球體的部分反射著日光，發出華麗的金屬光芒。

「這就是第一站，東方明珠。」翡翠翻開手冊，「不知道簽到點在哪裡？總之，先進去看看吧。」

「呃，等等。」

「怎麼了？」眾人望向福星。

「現在就去蓋章嗎？」他總覺得這樣不太好，「理昂……不在耶。」

「他晚上可以自己來簽。」

「這樣喔……」福星搔了搔頭，「呃嗯，我覺得……還是一起來比較好。大家是同隊的，一起行動嘛。」

「你和他什麼時候變得這麼要好呀？」紅葉笑著戳了戳福星的臉，「令人有點嫉妒呢。」

「我們一直都很要好……呃，不是，應該說，不是只有理昂，我希望大家能在一起。今天換成是你們其中任何一個人，我也會做出一樣的提議。」福星停頓了一下，很認真地開口，「我很喜歡大家，非常喜歡。」

眾人互看一眼，有些不知所措。

這樣的率直，讓人難以招架。

「你高興就好。」

「太好了。那我們去其他地方逛吧。先探路，晚上再和理昂一起過來！」福星開心地走在前頭，「那邊有賣小吃，洛柯羅！」

「來了！」洛柯羅立刻跟上。

翡翠收起手冊，苦笑，「嘖，多跑一趟，又得花一次車錢。」

「不過，我這樣擅做主張，不知道理昂會不會生氣……剛才被迫和我同寢，他好像已經有點不悅……」福星走在路上，有點猶豫。

「不用擔心，偷偷告訴你一個祕密……」珠月淺笑，將手圍攏在嘴邊，靠向福星的耳朵輕語。

「彩虹糖裡沒有白色的糖果。」

語畢，珠月朝著福星眨了下眼，走向隊伍前面的小花。

福星愣在原地，一時不瞭解珠月所說的話是什麼意思。

彩虹糖裡沒有白色糖果？什麼東西——啊！

他赫然想起大家去拜訪他家的那一夜。

在決定誰給福星載時，每個人都抽了一顆糖。理昂看了其他人手中的糖一眼，立即發言。

「**我拿到的是白色。**」然後迅速將糖丟入嘴中。

誰都不知道理昂手中的糖是什麼顏色，也沒人去考證。

理昂吃下了不存在的白色糖果，難道是因為怕他難堪嗎？

一股暖意湧上心頭。

「嘿嘿嘿……」福星嘴角勾起笑容，不住地發出傻笑。

「笑什麼啊？」

「別讓自己看起來更蠢好嗎？」

「嘿嘿嘿……」福星繼續傻笑。

看著這樣的福星，珠月揚起笑容。

福星啊，希望你永遠保有這樣的天真。

夜幕低垂，華美璀燦的萬家燈火一一亮起，比白晝單調的日光更加繽紛耀目，將地面綴點成斑斕星空。

日落後，正是夜行者闇血族的活躍之刻。

生理時鐘響起，躺在巨大雙人床上的理昂，從長寐中幽幽轉醒。斜眼瞥向牆上的鐘，夜間七點。醒來的時間比平日晚了一些，舟車奔波確實讓人疲憊——

「呼呼……」

微弱的呼吸聲從身旁響起，理昂警戒地轉過頭，熟悉的臉孔出現眼前。

理昂愣愣。

福星躺在床上，側睡在自己身旁，嘴巴微張，嘴角還有些口水乾掉的痕跡。

理昂冷眉挑起。他緩緩地動了動身子，感覺到異物壓在自己肚前。低頭，只見福星的一條腿放肆地橫放在他身上。

這是在搞什麼！福星是什麼時候回來的？為什麼會睡在他身邊？為什麼……

為什麼他竟然絲毫未覺?!

他竟然變得如此遲鈍?如果今日潛入的是白三角，那他連自己是怎麼死的都不知道!

理昂對自己的輕忽感到惱怒，皺眉，緊咬下唇。

彷彿是在呼應理昂的怒火一般，福星翻動了身體，收回了腳。

盯著福星的睡顏，黑暗中，短短的黑髮覆在比實際年齡幼稚許多的臉上。

有點像莉雅……

理昂這麼想著。怒意，稍稍降熄了些。

和莉雅一樣，純真、毫無防備、讓人憐愛——

忽地，福星長臂一揮，直接搭在理昂腰上。瘦長的身子蠕動了一番，緩緩上移，身子靠得更近，另一隻手伸來搭在理昂的頭上。

儼然就是理昂小鳥依人地縮在福星懷中。

理昂再度挑眉。

「醒來，賀福星。」

在理昂頭上的手開始移動，搓揉著那濃密烏黑的頭髮。

「賀福星!」

「阿旺乖一點……」昏睡的福星低喃，「等一下給你吃排骨肉……」

理昂勃然大怒，直接起身，用力拍開床頭櫃上的電燈開關。

刺眼的燈光讓福星從安穩的眠夢中驚醒，迷迷糊糊地坐起身。

「呃呃！我醒了我醒了！」用力地揉了揉眼，焦距集中，「啊啊？理昂你醒了？」

理昂不語，只是冷臉瞪著對方。

福星立即明白，尷尬地笑了笑，自動解釋，「不好意思，我下午回來時有點累，又不好意思吵醒你，想說床很大，就直接睡了。嘿嘿嘿……」

看著福星憨呆的臉，理昂深呼吸，緩緩輕嘆，「找到簽到點了？」

「我們去看了一下，但是還沒簽到，晚點再行動。」

「為什麼？」

「因為你不在呀。」福星說得理所當然，「我們是伙伴，當然要一起行動吧。」

「我不需要伙伴。」理昂冷冷回應。

他向來都是獨來獨往。有必要時，他可以和別人合作，但他不需要伙伴。他不想被人拖累，更不想拖累他人。

這次和其他人組隊行動，已經是他最大的讓步。

「啊唷，又說什麼三八話。」福星走下床，拍了拍理昂的肩，「我也以為我不需要吃青菜也能活，結果硬得像花崗石的排泄物讓我生不如死。」

有時候，人自以為很行，以為不按常規走也能罩得住場面，但做了之後，現實卻無情地賞了自己一巴掌，給了個靜默而慘痛的教訓。

「所以？」理昂不懂這個莫名其妙的小故事到底想表達什麼大道理。

「所以，」福星穿上外套，背起隨身背包。「大家在一樓大廳等我們，我們出發吧！去蓋章！還有吃宵夜！紅葉說要去華山路或是茂名南路的夜店晃晃，我還沒去過夜店的說！」

理昂盯著福星，再度輕嘆，拾起隨身包，跟上福星的腳步。

在新天地吃完晚餐，又到衡山路、浦東新區晃了一圈。中西風格交融的城市，在夜色中充滿魔幻迷魅的色彩。

夜間十二點。夜晚的喧囂告一段落，只剩隱於地面之下、巷弄之間的店，在闇夜裡隱密而低調地逕自活躍。

站在高聳的東方明珠塔下方，拂過江面的清風徐徐吹來。

「這麼晚了，看來只能潛入了吧。」福星看著深鎖的大門，苦惱低語，「剛才不該逛這麼久的……」

「本來就只能潛入。」丹絹望向塔頂，「晚上來也是對的。我後來查了一下，如果白天過去簽到點會很麻煩。」

「什麼？」

「上一組應該快下來了。」

眾人相當有默契地向後退一步。福星一頭霧水，但也跟著退後。

三秒後，四道人影有如閃電，自空中筆直劈落。

「哇咧！」福星嚇了一跳。仔細一看，他認出對方的其中兩人是A班的同級生，有一人是上一屆畢業的學長。最後一人雖然不知是誰，但看起來似乎不是同屆的學生。

「上面狀況如何？」翡翠詢問。

「夜景不錯。」紅髮少年笑了笑，「輕而易舉。」

「是嗎？」

「太簡單了，所以等一下我們要去找些有難度的挑戰。」另一名黑髮少女看著福星一伙人，雖面帶微笑，但話語中帶著警告意味，「自己的獵物自己找唷。」

「當然當然。」翡翠笑著回應，客套地應了幾聲，向對方揮手道別。

前一組成員走了之後，福星忍不住開口，「剛剛那一隊……好像有幾個人不是三年級吧。」

「是啊。只有兩個是三A的，另外一個是上屆B班的豹族，還有一個是二年級的水精靈。」

「怎麼可以這樣！這是作弊吧?!」

「不算。因為導引手冊上面寫著『成員不限』，意思就是絕對無限，不只人數，連組員也可以找其他級的學生甚至是校外幫手。」丹絹推了推眼鏡，「重視實力是夏洛姆的學風，能動員的人脈也是實力的一種。在合理的範圍內，只要能達成目的，未必非得本人親手執行不可。」

「你怎麼知道的？」那老姐之前還不准他問！真是龜毛。

「情報是要自己去蒐集的，用各種方式。」小花勾起嘴角，「所有消息都封鎖，直到活動開始時才讓人公開詢問。但是，有辦法的人就算不用問的，也可以查到一些線索。」

「沒差，反正我們也找了幫手。」

「這樣喔。」好吧，那就不怪老姐了。「幫手是誰啊？」

「到下一站就知道了，已經約好在鄭州機場會合。」

「現在要怎麼上去？潛進去搭電梯嗎？」

「簽到點在塔頂，字面上的意思。就是在尖塔的最頂端。」

福星仰頭，看著高聳入雲的高樓，「頂端?!這也太難了吧！怎麼上去啊！」

「這是遊戲的原則。提示越明白、或是越容易到達的地點，簽到點就會設得比較有難度，反之亦然，越難猜、越不容易到達的地點，簽到處就會設在顯眼方便之處。所以說——」翡翠露出燦爛的奸笑，「只能走空路囉。馭風符一帖二十歐元。」

「你自己留著用吧。」紅葉輕笑，牽起妙春，「先走一步啦。」

語畢，腳邊燃起燄球，發出一陣爆裂聲，接著，斷續的爆破聲響起。只見紅葉像是踏著彈簧一般，透過火球爆燃的衝力，一層一層地向上飛躍。

理昂深吸一口氣，背後透出巨大的黑紅色血霧之翼，振翼飛上空中。

福星瞪著兩人消失的背影，瞠目結舌。

「這樣子可以嗎？太高調了吧?!」被看到怎麼辦?!

小花瞥了福星一眼，「學園戒指上有亂影咒，出了夏洛姆使用異能力時，戒指會產生結界，削弱他人對我們的注意力，連一般攝影機和監視器也拍不清我們的樣貌。」

「這麼好用喔！」

理昂和紅葉等人上去之後。翡翠將焦點放在留下的人身上。

「丹絹，別說我對你不好，友情價十九歐元。」

「我們的友誼只值一元？」丹絹冷哼。

「說的也是，友誼是無法以金錢衡量的，還是收原價吧。」

丹絹瞪了翡翠一眼，搖了搖頭，伸出食指與小指，噴出細長的銀白蛛絲，黏在一旁高樓上，接著躍起，像盪鞦韆一般向上甩拋。

看著丹絹在大樓間俐落飛躍的動作，福星覺得相當眼熟，「呃，那招好像是某部電影上的……」

「哼，是啊，這個暑假他迷上了好萊塢特攝片。」翡翠看著丹絹的背影，皺眉，「哪天他要是突然穿著套頭緊身衣出現我也不意外。」

「聽起來不是很美妙的畫面。」

「那，珠月妳呢？」

「謝謝，不用。」珠月淺笑，輕拂被夜風吹到臉前的髮絲，「這裡離江邊很近，很好召喚水龍。」

珠月從背包中抽出礦泉水瓶，旋開蓋子，傾斜瓶身。融入月光的水流有如水銀，源源不絕地傾注地面，遠超出水瓶容量。

水在地面流動迴旋，形成高速流動的空心圓珠，並且不斷擴大，化為約兩公尺高的巨大圓球。球體開了個縫，小花隨著珠月一同跨入水球之中，裂縫便闔起。

珠月看著水球外的人，遲疑了一秒，「布拉德要一起嗎？」

「呃！」突然被邀請，布拉德顯得手足無措、受寵若驚，「這、這，我……」

「去啦！裝什麼靦腆！」福星用力地從後方推了布拉德一把。

布拉德跌了個踉蹌衝入水球之中，渾身溼透。他站定後回頭瞪了福星一眼，眼神極其凶狠。

「你死定了！」布拉德以唇語咬牙威嚇。

「啊呀，福星真是的。」珠月拿出手巾，逕自伸手擦拭著布拉德臉上的水珠。「全身都溼了，要是著涼怎麼辦。」

布拉德的臉瞬間漲紅，原先的狠勁蕩然無存。

「我看他熱得很。」福星竊笑，「水都要滾了咧。」

布拉德結結巴巴，接下手帕。「呃，我、我自己來就好……」

「不不不，沒關係，不用這麼客氣。」珠月拿回手帕，輕輕壓去布拉德頸間的水，嘴角上揚，「你的鎖骨很漂亮呢。」

「他漂亮的不只鎖骨，其他地方也很有看頭。」小花在一旁雲淡風輕地補充。

「真的嗎？」珠月淺笑，回首，「那，等會兒見囉。」語畢，彈指，從地面衝出一道巨大水柱，將水球頂衝到高空之中。

剩下福星、翡翠、洛柯羅這三人組。

「現在要怎樣？」

「算了。」眼看是沒賺頭，翡翠乾脆來個大放送，召喚出旋風附在福星與洛柯羅身上。「現在你們身體變得很輕盈，不受重力控制。等一下用力往上蹬，找著地點往上跳，就可以跳上頂端。」

福星婉拒，「不用啦，我可以形化出翅膀直接飛上去。」難得有機會表現，他可不想每次都靠別人幫助。

「就算你部分形化變出翅膀，衣服會被弄破，而且也沒手拿筆，降落後又不太方便。塔頂立足點不多，還是小心點吧。」

「啥？」衣服弄破這個他可以理解，但是為什麼會沒手拿筆？「不就是變得和理昂一樣，有什麼問題？」

「從上次那愚蠢的失誤之後，我看你很久沒形化了吧？歌羅德開的特殊生命體生物學你也沒選。」翡翠沒好氣地解釋，「一般四足走獸類的精怪，形化後前足化為手、後足化為腳；有翼種則是雙翼化為手、雙足化為腳；至於其他蟲魚水族，則依照手足鰭角的數量分配變形。」

「呃，所以？」

翡翠皺眉，不耐煩地開口，「你是蝙蝠精，如果半形化的話，雙手會變成雙翼，而不是像闇血族那樣背後長出翅膀。懂了嗎？」

福星愣愣地點了點頭。

可是……他曾經變出過翅膀啊……和理昂一樣，從背後張出兩道黑色蝠翼，在一年級新生測驗的時候。

「這是什麼怪物啊？是精怪嗎？看這翅膀像是蝙蝠。」

「但是，蝙蝠可沒有四隻腳。」

他想起在禁忌之塔上，迪恩和亞利克的詭異對話。雖然他在當下感到困惑不解，但因那時意識朦朧，加上後來發生太多事，便將此事給淡忘了。

一股不安的寒顫從背後竄起。

他……是不正常的嗎？

該有的他似乎什麼都沒有，反倒是擁有不該有的能力。

這樣的他，到底是什麼？

福星甩了甩頭，將腦中的擔憂與惶恐甩去。

或許課本上記載的只是大多數的統論，還是有例外狀況，只是非主流而已。也說不定是翡翠記錯了呢，這根本沒什麼。

振奮起精神，再度提起愉悅的心情面對修學旅行。但，內心深處，隱隱有個念頭像刺一般地提醒。

……不能，被發現……

你是什麼樣的怪物呢？福星……

Chapter03

當個活活潑潑的腐少女，
做個堂堂正正的御宅族

在高塔之巔，從擁有華亮秀髮的金絲猿精那蓋了章，並留下簽名，導引手冊上得到了第一枚印花。

各據點的駐守員都是由畢業校友自願擔任。福星不禁期待，等他畢業之後，他也要擔任臺灣的簽到點駐守員，但是，心底卻又對畢業感到相當抗拒。抱著這樣矛盾的心情，度過一日。

次日傍晚，前往下一站，於夜間七點抵達河南鄭州機場。

出了海關，巨大的紅底海報映入眼中。上頭貼著的是賀福星一行人的大頭照——完完全全的「大頭」照！相片是沿著頭形整顆剪下，下巴以下全部裁去，猛然一看像是被斬首的頭顱飛旋在血泊之中，配上一旁斗大的歡迎字樣，感覺十分獵奇。

這啥鬼！超不吉利的！

福星順著海報的握杆向下看，熟悉的白皙身影出現，只是，顏色有點不太對。

「子、子夜？」福星等人不太確定地看著來者。

目光恍惚的雪白臉蛋，頂著挑染成五顏六色的蓬鬆髮絲，還用髮蠟抓成一撮一撮尖尖高高的造型，相當霹靂。

「嗯，好久不見。」子夜一臉淡然從容地捲起海報，「丹絹昨天打給我，要我幫忙，我剛好沒事就過來了。等一下先坐火車到安陽市，再搭小巴到住處。」

「呃嗯，你這……」

「海報是我做的。怕人太多你們找不到我，就弄個顯眼的標示。」

「呃……」福星盯著子夜的頭髮，「你的新造型……很特別……」

「嗯，今天早上才染的。因為我擔心原本的樣貌太過引人注意，所以稍微變裝了一下，低調一點。」

這樣更引人注目吧?!

「你自己染的？」

「不是，羽泰幫我弄的。」子夜摸了摸頭髮，「他本來想叫我穿上掛著一堆皮帶和破洞的龐克風衣服和長靴，但是我覺得太熱。」

「羽泰？」看起來頗正常的，怎麼品味這麼詭異。

「他最近常來找我。」子夜皺了皺眉，看起來有點不好意思，「雖然他很囉嗦，但不討人厭……」

看來，經過了學園祭之後，改變的不只是北校的人。

福星為此感到很開心。雖然不干他的事，但他莫名地感到愉快。

搭了火車，轉乘計程車，在十點多時到達安陽市。子夜安排的住所是位在近郊的一戶透天厝，屋主是他的遠房表親，這陣子剛好回東北老家，房子空著沒人使用。

「暑假過得還好嗎？」福星好奇。

「沒什麼不好，只是有點無聊。」子夜幫忙搬東西入屋，「我比較喜歡開學，有寒川可以玩。」

一想到小正太寒川惱羞成怒的模樣，福星忍不住輕笑。

「他的咒語已經回復，現在又變回以前的老臉啦。嘴巴一樣狠毒，但比較不可愛。」

「真的？」子夜皺眉，喃喃低語，不知在計算什麼。

「這裡離殷墟近嗎？」紅葉詢問，「這附近晚上有什麼消遣？」

「有點距離，開車半小時以內可以到。」子夜專業地拿出小冊子，看著上面的筆記，「這個時間點大部分的店都關了，北大街或火車站附近應該有些小店還開著，可以去吃宵夜。」

「我們不會在這邊停留太久，現在就去殷墟吧。」布拉德催促，「明天去日本可能停留兩日，東亞地區的行程就可以結束，往美洲前進了。」

「他什麼時候變這麼積極？」子夜挑眉，低聲詢問。

「從『某人』稱讚他以後。這傢伙似乎很想表現……」福星低語。

眾人竊笑。

「你們在說什麼?!」

「喔，沒什麼。」翡翠笑著調侃，「布拉德好棒喔，懂好多呢。我們快點出發吧，好棒的布拉德。」故意學著珠月的語調，諷刺意味十足。

布拉德狠狠地瞪了眾人一眼。雖然不爽，但也無法發洩。狀況外的珠月，不明所以地微笑看著眾人。

照著布拉德的提議，一行人安置完行李隨即再度坐上租來的小客車，直殺殷墟古都。

夜月皎潔，照映著空蕩的公路。闇色大地和夜空連為一體，漫無邊際。

車子在距離古都入口約一公里處停下。

「從這邊開始用步行的，停太近會引起注意。」自從被聯合國教科文組織列入世界文化遺產之後，此處的管理和維護變得更加嚴謹。

一公里的路程對特殊生命體而言是非常短的距離，十分鐘後，以高速衝刺的眾人，越過保全與警衛，避開偵測系統，潛入古蹟內部。

廣闊壯麗的古都，安躺於月光之下，靜闃無聲。

「好了，簽到點在哪？該不會要用挖的吧？」

「會不會在殷墟博物館那邊？殷王陵那區感覺很空。」

「結果還是要繞一整圈？」

「等一等。」洛柯羅示意大家安靜，閉上眼，像是在用視覺以外的感官捕捉著微弱的訊息。接著，沉沉低語，傾吐出不為人知的祕密——

「前面……有 Häagen-Dazs 冰淇淋的味道……」

「啥？」

「死人也要吃宵夜？」

不等眾人回應，洛柯羅一馬當先地往前衝，其他人跟在後頭，一路前往殷王陵區，乙七基址處。

肅穆的死者之都，散發著當年殺戮人牲所留下的殘酷氣息。當時開挖出的王陵大墓與祭祀坑已回填，讓亡者回歸掩飾過的安眠，只留下少數幾個墓坑做為展示。展示墓坑上罩著隔離的玻璃，反射著月光，有如水潭。

其中一片玻璃上，坐了個人影。月夜中，人影背對眾人，低著黑色的頭顱，微微顫動，看起來頗為嚇人。

「呃，請問這裡是簽到點嗎？」

人影緩緩回首。

「寒川！」

「是你們?!」見到來者，寒川顯得有些惱怒。

福星很清楚地聽見他罵了聲髒話。

「你在吃冰淇淋喔？」福星盯著寒川右手拿著的紙盒，「這算上班打混嗎？」

「而且還是提拉米蘇口味。」洛柯羅嘖聲搖頭，「這樣不行喔。」

「駐守員不是都由畢業校友擔任？」布拉德挑眉，略微幸災樂禍地開口，「你被貶職啦？」

「不怎麼意外呢。」小花補槍。

「貶個屁！」寒川怒吼，「這個據點的駐派員臨時出了點事，所以我過來暫時支援。結果竟然遇到你們。」孽緣！

紅葉呵呵輕笑，「講得我們好像很想見到你一樣。」

「還有冰淇淋嗎？」洛柯羅往寒川身後探頭探腦，手直接往對方的身上摸索，彷彿機場的檢驗員。

「幹什麼！」寒川用力拍掉洛柯羅的手，「有也沒你的份！」

布拉德打了個呵欠，伸了個懶腰，百無聊賴，「快點蓋完印花走人吧。我肚子餓了，機上餐點有夠寒酸。」

寒川瞪了福星一行人一眼，一臉奸惡，露出電影裡反派的標準笑聲。「哼哼哼……想蓋印花？沒這麼容易。圖章藏在這陵區裡，自己去找吧！」

眾人發出抱怨的呻吟。

經過了一學期，寒川怎麼還是這麼難搞？不，好像變得比以前更欠揍了……

「可以提示一下嗎？」福星諂媚貼近，「寒川大人，看在上回送你……姪子抱枕的份上，可以稍微放個水嗎？」

寒川怒斥，「說到這個，我差點忘了和你算帳！你那抱枕根本是山寨品！」

「怎麼可能?!」

「懶熊是SAN-X出的，不是三麗鷗！三麗鷗出的是拿鐵熊！」該死，一時不察，差點被唬弄過去！

「呃嗯！」在夜市買的時候老闆是這樣告訴他的啊！「我不知道……」這麼多熊，他哪分得清楚。

「寒川你懂真多耶……」珠月詫異而興奮地開口，「你也喜歡懶熊嗎？」

「哼！怎麼可能?!」

「是他姪子啦。」福星趕緊緩頰，「那，至少那個泰迪熊是正版的吧！別這麼無情嘛……」

紅葉挑眉，似乎察覺到些什麼，賊笑著低語，「沒想到寒川會對家人這麼好。聽說你進入夏洛姆之後就和鞍馬山的本家不相往來，看來傳聞有誤囉……」

「妳在說什麼我聽不懂！」寒川撇頭，直接裝死。「快點找吧，別浪費時間和體力了。」

眾人瞪了寒川一眼，放棄爭辯，開始分散到各處，在廣闊的陵區搜索。

空蕩蕩的平地是墳墓的表層，下頭全是墓坑，埋藏著數千殉葬者的屍首。以慘烈死狀離開人世，留下屍身，只為陪伴著早一步成為骨骸的君王。

走在殷王陵墓上方，福星打了個顫。

這麼殘酷的事……

只有人類做得出來。

人類。

被人類所畏懼的特殊生命體，才該要懼怕人類吧。

在場內晃蕩，福星不知不覺走到角落擺放著陪葬飾物與陶器的墓窟之上。

施了個簡單的結界，穿過墓窟上的屏障和保全系統，跳入地穴之中。

凹陷的地穴，比地表更加黑暗，只有淡淡的月光灑入，隱約拉出物體的輪廓。但待在夏洛姆的這兩年，他的感官能力越來越強化，這樣的光線對他而言已經相當足夠。

墓坑裡整齊地堆放著各種陪葬物，精雕細琢，襯托著墓主崇高的身分。

其中一樣手掌大的玉雕，吸引了他的注意。

看起來有點像獅子又像鹿的四足野獸，端坐於祥雲之上。威嚴肅穆的獸首中央，突出根尖銳的犄角。

心底升起一股熟悉感，帶著點不安的熟悉。

我的王將……

不知從何而來，若有若無的耳語迴盪在腦海中。

福星左右張望，知覺陷入了迷茫之中。

革命的齒輪，即將運行……

——好的。

潛意識自動回應著腦海中的低語。

——那麼，他願意成為斷定是非的法儀，驅滅早已扭曲的墮落之物……

「福星？」

「啊？」突然的叫喚聲，將福星拉回現實。回頭，只見子夜不知何時也下了坑，站在他身側。「哈哈，我在這裡找線索，不過看起來沒有……」

「有什麼令你在意的東西嗎？」

「喔，沒有……」福星抓了抓頭，目光瞥向堆於地面的陪葬物上，「呃嗯，那隻是麒麟嗎？」

子夜順著福星的目光向下看，端詳了幾秒，「嚴格來說，應該是。」他以腳尖在沙地上寫下字，「『法』的古字。」

「法？」

「輔佐國君、判別是非的公理之獸。」

「真的有這種東西喔？」

「不知道，太久遠了，也可能是人類依照麒麟的形象捏造出來的吧。」子夜聳肩，看了看錶，「嗯，有點晚了，這樣會趕不上宵夜時間。我們上去吧。」語畢，拉著福星，跳出坑穴。

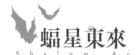

「但是還沒找到圖章……」

「不用找了。」

子夜直接走向寒川。

寒川挑眉，挑釁地看著子夜，「怎麼，決定放棄了？哼哼，能正視自己的無能，也是一種明智之舉。」

「為什麼要這樣？」子夜平靜地低語。

「這是為了考驗你們的能力。」

「不，我不是說那個。」子夜盯著寒川，嘆了口氣，「為什麼要把自己弄成這樣？」

「干你屁事！」

「一點都不可愛。」

「少囉嗦！」

子夜不語，直接將手伸向寒川，在距離約十公分處停下，接著猛然向下一劃。雖然手掌看似揮空，什麼也沒碰到，但福星聽見，在揮落的那一瞬間，有一記小小的破裂聲。

下一刻，寒川的外形開始扭曲，彷彿壞掉的螢幕一般，狂烈晃動。片刻，影像平靜，出現的是久違的囂張小正太寒川。

寒川盯著自己的身體，憤怒咆哮，「該死！你用了混沌之力！」他的幻形咒被子夜破壞！

看著哇哇亂叫的寒川，子夜揚起嘴角，「這樣好多了。」

「你——」

「我們在趕時間，必須快點拿到印花。」子夜淡然地說著，「混沌之力不收回的話，你會很久沒辦法施展幻形咒。」

寒川瞠目結舌，盯著子夜，咬牙切齒。最後，宣告放棄。

吟誦了一聲咒語，腳底下發出一道幽光。寒川向旁邊站了一步，刻著夏洛姆校徽的印花圖章從地底浮出。

「啊！竟然藏在那裡！太卑鄙了！」福星抱怨道。

「彼此彼此。」寒川冷哼，接著不悅地掏出簽到本。

福星招呼回伙伴，眾人一一在導引手冊上蓋了章，並留下簽名。看著變回小正太的寒川，眾人非常有默契地無視，發揮微薄的貼心，讓這名教授保有一點點尊嚴。

正事辦完，準備打道回府，寒川趕緊叫住子夜，「你還沒收回混沌之力！」

子夜回首，「那個三天之後就會消散。」

「你竟然騙我?!」寒川怒不可遏。

「你竟然被騙。」子夜輕嘆，搖了搖頭，「加點油吧，寒川教授。」

在安陽停留一日，次日傍晚前進日本，於夜間抵達羽田機場。

東京，入夜比白晝更加精彩的都市。

臨近東京都的琦玉縣地底，深達二十二層樓的地下排水系統。筆直剛毅的線條，高聳的巨石柱矗立，構築起巨大的地底空間。與一般下水道給人的潮濕汙濁感截然不同，明淨透亮，有如樸實的水之宮殿。

過了參觀時間，要潛入這麼深的地底並不容易。保全系統極為嚴密，而且固定崗位還有巡邏員。

越過重重防衛，跨越數百階梯，來到宮殿底端。白晝的遊客參訪區，此時一片黑暗，連月光也照不入的地底世界，只有幾盞小白熾燈隱隱散發幽光。

「真是壯觀……」

紅葉笑著，「快點簽到蓋章吧。夜晚的東京，沒時間讓你們休息。」

眾人在黑暗中前進搜索。

地下神殿的空間雖廣，但十分空曠，視野一眼望穿。左右打量了一番，立即在遠方某根巨石柱下，發現與一般燈光不一樣的鵝黃色光芒。

朝光源走去，還沒看見駐守員，立即聽見耳熟的怒吼。

「怎麼又是你們?!」稚氣的咒罵響起。

「寒川？」福星驚訝地看著來者。

幻形咒尚未完全恢復，寒川戴著口罩和帽子，穿著風衣。若不是身形小一號，這身打扮還真像夜半會出現在街角、猛然衝出對女性展露下體的變態。

「你怎麼陰魂不散啊。」布拉德皺眉，「該不會跟蹤我們吧？」

「這樣有點噁心耶……」

妙春伸指，彷彿鑑定員一般，「痴．漢。」

「閉嘴！」寒川暴怒，「我原本就是東日本地區的督察者，會去安陽是被臨時調派過去的！」

「督察員不用駐守簽到處吧？」子夜停頓了一秒，「該不會真的被降職……」

「還不是因為你！」寒川用力地摔下手中的燈，「幻形咒還沒復原之前，我不想被太多人看到這副德性！」駐守員可以偽裝成畢業生，沒人會知道是他。

「很可愛啊。」

「閉嘴！」

原本取得印花必須通過考驗，和在安陽時一樣自己將圖章找出。但寒川似乎對子夜的混沌之力心有餘悸，相當識相地直接召出式神，將繫於某根巨石柱上的圖章取回。

順利結束。

離開幽暗靜默的地底，重返地表。繁華眩目、喧鬧繽紛的街景將眾人籠罩。進入地鐵，來往的人群魚貫穿梭，但已比上下班尖峰時刻少很多了。

站在錯縱複雜的地鐵路線圖前，紅葉笑著詢問，「想逛哪裡？」

「秋葉原！」珠月和小花異口同聲，前者的聲音裡帶著明顯的興奮。

「我也想去。」福星舉手，「我想買限量的遊戲周邊。」

紅葉苦笑，「那一區我比較少去……」

「除了秋葉原，我還想去池袋東口附近。」珠月接著補充。

「池袋東口？」紅葉眼睛一亮，「不錯呀！可以去六十條通逛逛，那裡有不少百貨公司。」

珠月尷尬地開口，「呃，我是要去乙女之路……」

「我也要去！」妙春舉手。

紅葉燦笑，雖然她壓根不知道乙女之路是啥鬼，但直覺告訴她，千萬不能讓妙春同行。

「妙春，我們還是去原宿和表參道逛逛好了。」

「其他人呢？」

丹絹、翡翠等人互看一眼，不置可否。

「有書店就好。」

「隨便。」

「那個！」珠月趕緊開口，「妳告訴我們怎麼走就好，我和小花可以自己去。」

「不一起嗎？」

「呃嗯，我們要買的東西你們可能沒興趣……」珠月乾笑。

丹絹點頭，附和，「嗯，確實，我們要買的東西妳們也可能沒興趣。那還是兵分三路，各逛各的吧。」

紅葉點頭，「飯店離池袋站比較近，等會兒直接去那裡集合好了。」

布拉德瞪了丹絹一眼，顯然對這提議感到非常不滿，但一時間又不知怎樣開口婉留，只好眼睜睜地目送珠月和小花離去。

同行的女生都走了，剩下的人站在原地，彼此乾瞪眼。

福星尷尬地問眾人，「呃，那麼……大家想要逛哪裡呢？」

「沒意見。」

「我想吃東西！」

「看到藥妝店停一下就好。」

「那，我就照我自己想逛的路線走囉？」福星問道。

「你知道路？」

「之前來過幾次，然後也上網查過資料，做了一些功課。」福星得意地亮出畫滿重點的旅遊書。「不好意思，看來目前可靠的人只剩在下了。大家跟好啊！」

「你會日文嗎？」丹絹直戳要害。

「一點點……」福星心虛，但仍強辯，「我常看日劇，所以會一些。」

「如果你所謂的日劇指的是存在D槽裡那個名為『課外延伸學習資料』裡的影片，我可以明白地告訴你，只要會五十音的A行就能看懂整部片。」翡翠冷冷吐槽。

「喂！你偷看我的電腦喔！」

「是你自己設定成會顯示近期瀏覽資料夾，上回和你借電腦存檔時它自己亮出來給我看的。」

福星惱怒地低吟。

「好了，可以開始移動了嗎？」布拉德不耐煩地催促，他已經受夠來往人潮的目光了。雖然使用了可以減弱存在感的半隱結界，但這樣一群外觀搶眼的人聚在一起，時間久了還是難免引起他人注意。

充當起半吊子的導遊，福星領著眾人前往秋葉原，宅男心中的聖地。照著導覽走入巷中，來到「內行人」才知道的夢幻名店。推開掛著風鈴的木頭店門，稚氣的娃娃音招呼聲隨之響起。

「主人，歡迎回來！」

「你搞什麼……」布拉德瞪著屋內，穿著粉色系華麗制服的女僕，往來穿梭招待著客人。「這什麼店?!」

「女僕咖啡廳啊。」福星逕自坐入靠窗的座位，翻開印滿蕾絲和小花圖樣的菜單，「洛柯羅想吃東西，所以進來歇一會兒。」順便不著痕跡地把同伴牽拖下水。

「沒有比較……樸素一點的店嗎……」丹絹皺著眉打量充滿少女夢幻的粉色調裝潢，感覺空氣中都帶著甜膩的香氣。

「這間還好啊。」福星回頭看了一眼走過去的女僕，眼睛彎成月牙狀。

同伴無奈地搖頭。

「愛之魔法幻泡紫羅蘭——是這樣唸嗎？喝了沒問題嗎？一杯要八百日元？」翡翠瞪大眼，悄悄靠向福星，「這間店該不會是做黑的吧，你好樣的……」比方說點了某道飲料之後，會招待客人到祕密小房間裡用特殊的方法飲用。

「哪是啊！這是正派經營的單純小店好不好！」福星義憤填膺地駁斥，然後點了名為紅寶石之月光的東西和魔力元氣蛋包飯。

子夜和洛柯羅點同樣的餐點，春日嫩綠什麼鬼的。其餘的人看著那本宛如魔導書一般的菜單，敬謝不敏。

十分鐘後，洛柯羅、子夜和福星神色自若地吃著擠滿鮮奶油和碎巧克力的巨大聖代，其他人的臉色和杯裡的薄荷冰淇淋一樣青綠。

離開了女僕咖啡廳，丹絹一個人先行告退，跑去神保町古書街。接下來，福星領著眾人遊走在模型、動漫商品、電玩遊戲專賣店。擁擠的店面和從未見過的模型人偶展示在眼前，衝擊著視覺，震撼著心靈。

「這麼小的模型竟然要一萬三千日幣！」翡翠盯著展示架上的標價，相當震驚。「御宅族實在是太強悍了……」

看來有人似乎找到了新的商機。

布拉德和理昂嫌店內太窄，難得有志一同地站在店外，百無聊賴地打量著玻璃櫥窗裡展示的模型。

很精緻，顏色很漂亮。明明是塑膠，卻做得彷彿有生命一般，剎那間的動態場面原樣重現，宛如凍結了時間。

布拉德的目光隨意瀏覽，被其中一個模型吸引。

半人半魚的造型，還有粉紅色長髮，楚楚可憐地向上凝望。讓他想到了珠月半蛟人化的時候……雖然尾巴的形狀不太一樣，但同樣都是半人半鱗尾。

如果珠月穿上這樣的衣服……

踏入秋葉原之後，一直下垂不耐煩的嘴角，不自覺地上揚。

感覺還不錯。

站在一旁的闇血族冷冷地嗤了聲，撇開頭，但在目光掃過玻璃櫥櫃時，眼角的餘光驚鴻一瞥，睹到了某個令他在意的人影。

穿著深藍色制服、手中抱著把電吉他、紮著雙馬尾的美少女，漾著甜美的笑容。

莉雅以前也常綁這個髮型。夏天的時候，她會穿著白色的連身裙，在莊園裡活動。

不過，莉雅擅長的是小提琴，不是電吉他。

如果莉雅彈電吉他……

畫面逐漸在腦中成形。

凜冽緊抿的嘴角，不自覺地上揚。

闇血族與獸族，同時站在秋葉原的街頭，對著某間店面的櫥窗傻笑。

福星等人走出來時，看到這詭譎的畫面，一時間以為中了幻象咒。

晃了大約一個多小時，理昂和布拉德先到車站口等候集合。子夜和洛柯羅陪著福星和翡翠繼續逛，順便採買代購清單上的物品。

夜間十點多，不少店家紛紛熄燈，拉下鐵門。滿載而歸的隊友們，前後回到集合點。

福星等人先到達，接著是兩手提滿名店紙袋的紅葉。最後，拎著大包小包、背上背著兩捆紙捲的珠月與小花，姍姍來遲。

紅葉嘖嘖稱奇，「看來妳們收穫不少嘛。」

「嗯！剛好看到喜歡的東西。」珠月的額角掛著汗水，臉上卻掛著充實的笑顏，有如秋割完大豐收的農人一般。

「買了些什麼啊？」翡翠很好奇，「可以借我參考一下嗎？」

「呃！」珠月乾笑，「沒什麼啦……」

小花淡然開口，「只是些小小的私人興趣罷了。」

看著珠月纖細的手腕上掛著巨大沉重的購物袋，布拉德忍不住皺眉，「妳還好嗎？」接著，伸手準備幫她接過負荷。

「呃嗯！不用！」珠月直覺地將手中抱著的紙袋藏往身後。但甩動的動作太大，使得原本處在飽和邊緣的紙袋，應聲裂開。

「唰！」袋中的印刷品有如瀑布般滑落地面。

印著衣衫不整美少年的寫真書落地。畫風唯美的漫畫封面上，俊逸帥氣的男孩和男人們，擺著具挑逗意味的姿態，與書腰上那一堆讓人看了摸不著頭緒的漢字術語，同時映入眾人眼中。

一時靜默無聲，但聞車聲隆隆。

微妙的氣氛，無人知道該如何開口打破這令人尷尬的死寂。

洛柯羅看了看周遭的人，全然狀況外，非常自然地彎腰撿起書，拍了拍封面上的灰，「蜜汁調教是什麼？感覺很甜很好吃。」

「相信我，你不會想吃的。」小花將書拿回，蹲下幫忙撿書，「至於是不是甜的，你可以自己試試……」

「小花……」福星無力吐槽，只能帶著點不安與尷尬，看著布拉德和珠月。

怎麼辦？布拉德會怎麼辦？珠月會怎麼辦？

珠月站在原地，表情看起來相當困窘，嘴巴一抿一開，像是想說些什麼，但又不知該說些什麼，最後長嘆了一聲，彎下腰開始撿書。

其他人對地面上的東西沒給予太多的注意力，目光全集中在布拉德身上。

該怎麼辦呢？布拉德……

布拉德的表情一開始有些複雜，但幾秒後，突然露出看開一切的堅毅平靜。

彎腰，伸手，將珠月手中那疊厚重的書接下，如同他原本就打算做的事。

「布、布拉德？」珠月不太確定地望著伙伴，眼神中帶著點期待卻又有些不安。

「沒關係。」布拉德認真地看著珠月，堅定開口宣示，「妳的一切，我都接受。我喜歡完整的妳。」

面對這深情的話語，珠月感動地望著對方，「布拉德……」

「嘿，」洛柯羅用手肘頂了頂福星，竊聲低語，「這是告白嗎？」

福星噓了他一聲，繼續看著這感人的一刻。

「謝謝……」珠月輕輕開口，聲音裡有著喜極而泣的哽咽，「謝謝……布拉德，你真的很善良……我好高興……」

福星忍不住握拳，暗暗叫好。

恭喜啊布拉德！苦了兩年多，終於要修成正果了——

珠月輕輕擦去眼角因感動的溼潤，伸手搭上布拉德的手掌，「……很高興能認識你這樣的朋友！」

瞬間，喜劇轉悲劇。

布拉德僵了幾秒，非常有紳士風度地撐著被重擊的殘破心靈，揚起笑容，「這是我的榮幸……」

看來，布拉德這段感情還有很長的路要走吶。

「楓，妳是楓嗎？」

當眾人帶著不忍的憐憫，以瞻仰悲劇英雄的目光為布拉德哀悼時，陌生的第三者忽地插入，引起了注意。

來者是名六十多歲的白髮老翁，一臉驚訝欣喜地望著紅葉。

紅葉看著對方，雖然臉上閃過絲困惑，但對這樣的場景似乎不陌生。

「您是哪位？」雖然她已從那布滿歲月痕跡的臉上隱約認出來者，但仍裝作不解地笑著詢問，「您認錯人囉，楓是我奶奶。」

「噢噢，是這樣啊……說的也是，楓應該也六十多歲了……」老翁悵然地盯著紅葉，「不好意思，失禮了……因為真的太像了……」

「常常有人這麼說呢。」紅葉淺笑，「說我和死去的楓奶奶長得很像。」

「去世了？」

「嗯，已經好一陣子了。」

「這樣啊，那就沒辦法了，真是不好意思……」老翁苦笑，「總是這樣，總是一聲不響地消失……任性的公主殿下……」說著轉過身，帶著落魄的背影，回味著已逝的青春幻夢，踽踽離開，隱入夜晚的街道之中。

「那人是？」翡翠好奇地問。

「噢，以前交的男友。剛好是上次和你們說的，那個東京帝大考古系的研究生呀。」

福星不解，「妳說幾年前的事……」難道紅葉和一個看起來像自己爺爺的人交往？好球帶太廣了吧?!

紅葉笑著解釋，好像在說件無關緊要的小事，「一九八〇年代左右的事吧。楓是我的化名之一，這樣比較方便辦事，不然遇到像今天這樣的狀況，如果對方追問或探查的話，就麻煩了。」

她望向老翁離去的方向，無奈輕語，「人類很容易死，和他們往來有時候會忘了這一點。明明看起來一樣，但是卻截然不同。真的很苦惱呀……」

特殊生命體可以活很久，幾近無限，生命無限、能力無限。但也因為無限，讓他們有時不知道生存的價值與意義，不知道為何要珍惜，也無從珍惜起。

特殊生命體並沒有創造出自己的文明，自有生之初，便一直寄居在人類社會裡，依附於人類的歷史之中。

人類卻因為有限，能力有限、壽命有限，反而在有限之中創造無窮未來，彰顯出生命的光輝。

這樣看來，與其像夜空中細小幽微的一點星光亙古長存，不如像夏夜裡迅然爆散的煙花，留下轉瞬間的璀璨與輝煌吧？

福星看著紅葉，感覺空氣中浮起淡淡的哀愁，無可名狀的無奈感。

他不喜歡這樣的感覺。

在不滿什麼？

為何竟羨慕起有如蜉蝣的人類？太墮落了……

繼續這樣，不如消失。

潛意識中響起低語，這樣的念頭連福星自己都感到訝異。他左右張望，只見子夜邊走邊仰首，望著月空。

「怎麼了嗎？」

「有日蝕……」

「現在？」福星抬頭，看著黑壓壓的夜空，「現在是晚上吧？」

「歐州那邊有。中歐地區最明顯。」子夜低頭，看向福星，「日蝕會讓法則紊亂，和混沌之力產生共鳴，感覺不太好受……」

雖然與日蝕之地有段遙遠的距離，但仍能感覺到體內的力量正微微躁動。

福星望向夜空，「這樣喔。」他怎麼什麼都感覺不到？

中歐是嗎……那麼，夏洛姆那邊應該看得到囉？不知道老姐會不會怎樣……

極東之國的夜間七點，中歐正處於下午五時，暮日西沉，黃昏時刻。

日光邊緣出現黑影，一點一點將光球吞噬。

非晝非夜，混沌曖昧的時刻。

暑假期間，校園被靜謐給包圍，過度的寧靜，讓時間彷彿凍結一般。

然而，當日光開始削弱的那一刻，結界開始紊動。細細的、看不見的波動，在空氣中擺盪。

西隅園區，白樺樹濃密的樹陰之下，黑髮少年背倚著樹，闔眼，看似沉睡。

當黑暗將圓日的邊緣吞沒的那一瞬，少年睜眸，深褐色的眼眸底處流轉著幽幽金光。

起身，微微伸了個懶腰，一躍，直躍上空中，以完美的拋物線，降落在學園中央的主堡頂端。彈指，閃著虹光、帶著淡淡珍珠光輝的精靈結晶出現，飄浮空中。周遭緩緩泛起彷若漣漪一般的光暈，一圈一圈，向外擴展，放大，與天頂隱形的結界震盪。

片刻，蒼穹隱隱透出銀藍色的結界符紋，藍色的網紋，一點一點地染上由精靈寶石泛起的流虹之光。

同化完畢。

少年笑了笑，踏著看不見的階梯，推開結界之網，穿透而出。

校外教學的時間到了。

福星，他來囉。

回到飯店，福星收拾著大包小包的戰利品。自己添購的收藏、家人要求代購的東西，全都攤在和式的榻榻米上。

等待使用浴室的布拉德，百般無聊地靠近，「你的興趣真的很獨特。」看著那一盒盒遊戲、一包包動漫周邊商品，還有一些零碎物品，讓人眼花繚亂。「買太多了帶不回去？要淘汰其中一些？」

「誰說的！我是要分裝打包寄回臺灣！」福星一副老謀深算的樣子，「這樣就能省下行李空間啦。」

「你真的很擅長這些莫名其妙的事。」布拉德嘖嘖稱奇，眼角餘光被一包閃著漂亮光彩的物品吸引，「這是啥？」

他拿起透明袋裝的小包，放到眼前，裡頭裝著的是各色各樣的小圓珠。

「這是琳琳——就是我媽啦，她要我幫她買的串珠材料。」琳琳很愛手工藝，但有些材料和教學用書臺灣買不到，所以趁著修學旅行託福星代購。「我自己有時候也會跟著做一些，有點難，但成品很可愛。」

布拉德翻著塑膠包，目光被珠子吸引，彩珠的光彩投映在眼底，像閃爍的小星。

「布拉德？」福星不太確定地叫了聲。他極擔心布拉德會大罵一聲「娘炮」然後一掌把串珠全部拍碎。「呃，如果妨礙到你的話，我立刻收起。」

布拉德隨手拿起原本壓在串珠包裹下的指導教學書翻閱，書中全彩印刷的亮麗串珠作品隨即呈現。

「唷，看起來頗不賴。」丹絹將頭湊過去，「照著步驟串，就可以變成圖片那樣？」

「是啊。」見伙伴有興趣，福星立即開口推廣，讓自己的購買動機更加合理，「要玩玩看嗎？我有多買一些，但是如果做失敗了，要把材料收好不能浪費喔。」

「失敗？」不服輸的丹絹立即拿起珠子，「雕蟲小技，不可能失敗。」

他翻動教學參考書，直接打開最複雜、最豪華的串珠皇冠那一頁，照著分解動作和說明開始動手。但十分鐘後，混雜成一塊、堆成一座小丘的珠子，與糾結成團狀的細線，無情地宣告著令人難堪的結局。

「嗯，失敗了。」布拉德輕笑，「虧你是蜘蛛，連雕蟲都不會。」

「蜘蛛不是昆蟲！」丹絹反駁。

「喔，好吧。總之你很遜。」

「不然你串串看啊！」丹絹拍腿嗆聲，「要評論人也要看有沒有本事！」

面對丹絹的挑釁，布拉德不以為然地聳聳肩，拿起珠子和新的細線，看了書頁上的說明片刻，開始動手。

「小心，別惱羞成怒把珠子捏爆。」丹絹在一旁輕笑，等著看好戲。

但十分鐘後，丹絹的笑臉整個僵硬，彷彿吃掉一整包串珠一般，欲嘔又止。

「你……你……」這不可能啊！沒道理啊！

福星不可置信地望著布拉德，「你真的是布拉德嗎？」那個動不動就要擰斷別人脊椎的布拉德會做串珠？

「很簡單嘛。」布拉德拋接把玩著掌中的串珠皇冠，瞥向丹絹，「現在有資格評論你了嗎？肉腳蜘蛛？」

丹絹咬牙，惱羞不發一語。

「天啊！好漂亮！」讚嘆聲從後方紙門邊響起，「這樣的髮飾在原宿要賣很貴呢！」

只見隔壁房的女生們，不知何時竟全都聚到門邊，以驚豔又渴望的目光盯著布拉德手中的皇冠。

布拉德錯愕，「妳們什麼時候來的？」

「五分鐘前吧，福星打電話，說有好玩的東西要我們過來看。」小花平靜地回答，看起來對皇冠不是很感興趣，而是一種欣賞又惋惜的複雜眼神，看著布拉德。

布拉德轉頭瞪了福星一眼。福星連忙躲到珠月後面。

「太厲害了！」珠月在布拉德身邊坐下，觀賞著彩光流轉的皇冠，以崇拜的口吻開口，「真的好漂亮！蛟人做的珠冠也未必能這麼美。布拉德，你真的很厲害！」

珠月第一次坐得離自己那麼近，剛沐浴完的淡淡香氣飄來，讓布拉德心臟彷彿被用力搥了一記。

「……這沒什麼……」

「可以借我看看嗎？」

「……當然。」布拉德將皇冠遞到珠月手中，順勢向旁邊偷偷地退了一些。

既想靠近，但靠近後反而退怯，彷彿靠太近，這小小的幸福就會消失。不如一開始就保持點距離，在安全地區偷偷觀賞，偷偷欣喜。

愛戀中的人，心情複雜又矛盾。

福星偷笑。膽小鬼……

珠月將皇冠拿在手中把玩觀賞，讚嘆不已。

「喜歡的話……拿去。」

「真的嗎？」

布拉德點點頭。

珠月喜出望外，下意識地伸手給了布拉德一個擁抱，「謝謝你！」

站在一旁的福星等人倒抽了一口氣，戰戰兢兢地觀察著布拉德的反應。

突然發生這麼刺激的事，是否會讓純情的狼人獸性大發？

布拉德的表情顯得相當淡定——不，應該是超然。一種接近空白的超然，類似浩劫重生的曠達，又有如得道高人即將圓寂般圓滿。

布拉德起身，不知是腳麻還是怎樣，稍微跌了個踉蹌，但立即穩住身子。

「嗯，你們慢慢聊，我去洗澡。」語畢，逕自傲然走出和室。

「真有妳的。」紅葉輕笑，用手肘撞了撞珠月，「剛剛那招不錯喔，那隻小狼狗興奮得跑去浴室了呢。」

福星黑著臉，「紅葉，注意一下措辭……」拜託別那麼低級好嗎。

「就是嘛。」肇事者完全狀況外，一臉天然地捧著皇冠，不經大腦地脫口而出，「布拉德應該是要和翡翠一起的。」

福星無言，「珠月……」

珠月回神，乾笑，「呃嗯，我剛說了什麼嗎？」

「……什麼也沒有。」

布拉德，保重。

大約半個小時後，布拉德回房，房裡又是一陣打鬧嬉戲。

相較於笑鬧成一團的隊友，小花的表情相當平淡，靜靜地坐在門邊，若有所思。

忽地，一隻手拍上了她的肩。

小花回首，只見子夜不知何時站在身旁。

「不要緊。」子夜啃著從地下室名產店買來的烤丸子，開口，「會難過的話，就別看。」

「心思竟然被看穿，真慚愧……」小花自嘲一笑，「並不難過，只是覺得……」看著羞紅了臉、講話結巴的布拉德，她漾起笑容，「很可愛，不是嗎？」

子夜盯著小花片刻，吞下咬了一半的丸子，將剩下的最後一顆丸子遞給小花。

「說可愛的話，妳也不差。」語畢，轉身離去。

看著子夜的背影，又看了看手中串著丸子的竹籤，小花挑眉，一頭霧水。

搞什麼啊……莫名其妙……

當局者迷。每個人處在不同的局裡，永遠看不清自身的處境。

隱而未見的幽晦情感，在所有人都未察覺之處，暗暗發端。

次日，幾乎玩了通宵的一行人，在飯店裡休息到下午。這日雲層厚重，午後開始下起雷雨，烏雲蔽天，日光暗淡。

非常糟糕的天氣，卻適合闇血族外出。趁著雨天，一行人前往千年古都，京都，找尋另一枚印花。

東。**役鬼占星者之居。混沌之子長眠處。**

一旁畫著五芒星的標示。

混沌之子？

這令人敏感的關鍵字，揪了福星的心一下。

在京都嵯峨渡月橋附近，大陰陽師安倍晴明之墓，他們破解了由狐妖巫女所設下的結界，在墓旁的石燈籠裡找到圖章，留下印記。

「安倍晴明是混生種?!」福星相當訝異。這麼有名的歷史人物，竟然也和特殊生命體有關聯。

「傳說安倍晴明的母親是妖狐，安倍大人繼承了她的力量，是個超強大的變異體混生種。」紅葉看著被盛夏綠蔭籠罩的石墓，「這是真的。」

福星的目光移向子夜，「但是……混生種，不是通常都……」處境都不太好？

「因為安倍晴明的母親葛葉妖力強大，沒人敢有意見。況且安倍大人天資聰穎，將特殊生命體的異能力以及人類御靈役鬼的咒語操控得很好，受人崇敬。」子夜淡然解釋。

「喔，那樣不錯嘛！」福星樂觀地拍了拍子夜，「看來大家還是能夠和混生種和諧相處呀！」

「嚴格來說，那是恐懼的另一種表現方式。」敬畏，終究是畏。「特殊生命體界對待混生種，只有兩種反應。不是輕蔑，就是恐懼。」

「這樣喔……」

那，一無是處的他，如果身分曝光了，應該只有等著被排擠欺侮的份吧……

那將會和他在人類社會時一樣。

他不要。絕對。

Chapter04

媽媽請妳也保重

在極東之國向東飛行，橫越大西洋，來到西方盡頭的北美西部。

加州，度假天堂。清晨，眾人在布拉德的帶領下，進入世界之最，優勝美地國家公園——同時也是布拉德的家族所在地。

「難怪。」丹絹一臉恍然大悟，「我還想說你什麼時候變得這麼博學多聞，原來老家就在這邊。」不知為何，他看起來有種鬆了口氣的感覺。

「你很擔心大家不夠討厭你是嗎？」布拉德咬牙低語。

「他只是擔心自己知識家的地位動搖。」同寢兩年的翡翠相當理解。

由於國家公園一帶是獸人棲息地，身為闇血族的理昂便選擇迴避，先行前往美東的據點。一方面是避開不必要的衝突，另一方面也是讓布拉德免於難堪。

畢竟，闇血族和獸族自古便是對立的種族。

反正依照行程原本就預定拜訪三十七個景點，比要求的三十三枚印花還多四個，不差這一處也能符合規定。

避開公園警衛耳目，穿過依附在新娘面紗瀑布的結界，進入位於瀑布後方的簽到點。以結界展開的四方形亞空間，一半漂於水面，一半支於岩壁。負責者是擁有小麥色肌膚和淺亞麻色短髮的狼族陽光美女，麗安，同時也是布拉德的表親。

「噢噢，好久不見，布拉德。」麗安深綠色的眼眸望向布拉德身後的伙伴，「看來你改變了不少，終於不再獨來獨往了吶。」

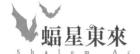

「妳記錯了吧，我身旁向來不缺同伴。」布拉德自滿地回應。

「那不是同伴，是崇拜者，或者說是寄生者。」麗安爽朗地微笑，「至少你身後的那群人，眼中沒有諂媚或畏懼的神色。」

「別消遣我了。」布拉德淡然結束話題，似乎有些不好意思，「快辦正事吧。」

麗安開出來的要求非常簡單，以體術和她對打十分鐘，能撐著不倒就算通過，倒下的話可換下一名隊友。

這項任務由同樣擅長體術的布拉德出馬，輕鬆過關。

離開了簽到點，布拉德領著眾人，返回位在國家公園邊境的老家。

簡單的鄉村木屋，外頭曬著醃製的肉，堆放著一筐筐作物，儼然就是純樸的農家生活寫生——如果屋外沒有一名少女豪邁地扛著野鹿走過去的話。

「蕾妮！」布拉德朝著對方揮手。

和布拉德擁有同樣髮色的少女聽見叫喚，停下腳步，見到來者顯得非常高興。

「布拉德！」名為蕾妮的女子，豪爽地將肩上的野鹿扔放到一旁，「怎麼突然回老家了？我以為你會和萊諾爾一樣留在曼哈頓的住所不回來呢。」

「只是剛好經過，順便處理一些事……」

「我知道了。」蕾妮將目光轉向布拉德身後，「你們是布拉德的朋友？」

「是的！」福星和洛柯羅大聲地回應，彷彿與有榮焉。

「她是蕾茉妮雅，叫她蕾妮就好。」布拉德主動解釋，「是我母親。」

「您好，幸會。」

眾人看了看蕾妮，又看了看布拉德，像是在交叉比對一般，從兩人之間找出共同點。

蕾妮的五官相當精緻，但柔美之中帶著剛毅與堅強的氣質。布拉德長得和蕾妮不太像，或許是比較像父親。只有髮色和偶爾露出的溫柔眼神，得自蕾妮的真傳。

眾人跟在蕾妮身後一同進屋，蕾妮推開門，朝著屋裡揚聲，「布拉德回來了！」

「布拉德？」

「布布？」

「小拉德？」

「布兒？」

原本在屋內各自做著事的人，全都停下手邊工作，衝向玄關。

一群和布拉德外貌相似的女子，團團湧上，將布拉德圍住。

「好久不見。」穿著長裙、留著長捲髮的少女走向布拉德，握起他的手，「這陣子還好嗎？」

「嗨，艾瑪。」布拉德淺笑，輕輕將對方的手放下，眼中看起來帶著些防備，「還不錯，妳呢？」

「要回來也不先通知是怎樣！混帳！」紮著馬尾的女子掄起拳頭往布拉德頭上用力一敲。

「會痛！安琪！」布拉德撫了撫額角，「我在修學旅行！嚴格來說算是學校課程之一！」

「什麼？所以意思是你這傢伙蹺課囉？更混帳！」紮著馬尾的女子說完又是一記。

「別敲！會痛！」

「布兒，我好想你！」另一名短髮少女攀向布拉德的背，手肘順勢俐落地勒住布拉德的脖子，鎖喉，「這麼久沒見，連你雙胞胎姐姐的名字都忘了？進了門為什麼不先和我打招呼，反而是先理艾瑪那臭三八？」

「咳咳！住手！布萊兒！」

「妳說誰臭三八？」

「小拉德，要不要喝牛奶？」

「不了。蘿拉——喂！」

看著布拉德被一群女眷東拉西扯、要得團團轉，福星等人愣愣在地。

這是什麼狀況？

蕾妮輕咳了聲，「女孩們，有客人，收斂點。」

眾女停下動作，依依不捨地放開布拉德。

福星訝異地打量著布拉德身旁的女子們，「布拉德，這是？」

「她們是我姐姐……」布拉德邊咳邊撫按自己受攻擊的地方，趕緊退回伙伴身邊，「安琪、艾瑪、蘿拉、布萊兒。」

「幹嘛照年齡排列啊！你這混帳！」安琪捲袖，一副隨時準備揮拳的狠樣。

「安琪。」蕾妮輕語。安琪立即停下動作，站回，露出微笑。

「布兒受你們照顧了。」艾瑪微微彎腰，臉上掛著溫柔的笑容，看起來十足的鄰家大姐模樣，和珠月有著相似的氣質。

「布兒？」福星挑眉。雖然他身為精怪的語言天賦尚未啟發，但基本的英語會話能力還是有的。噢呵呵！這真是太有趣了！

「我說過不要那樣叫我，艾瑪！」布拉德皺眉嘀咕。

「有什麼關係，布兒。」艾瑪望向福星等人，「你們要在這裡停留多久？」

「一下子，不出兩天。」

「麗安和我說過修學旅行的事，夏洛姆辦活動還是一樣勞師動眾，夠派頭。」蕾妮點點頭，一手揪起野鹿，「隨便坐，中午留下來吃頓飯再走。」

「太感謝了！」翡翠眼睛一亮，對於免費賺到一頓飯相當愉悅。

「布兒先帶同學進客廳休息吧。」

「就是嘛，布兒。」福星笑著調侃。

「布兒，我想喝飲料。」洛柯羅跟著亂叫，「我想吃藍莓果醬吐司，布兒，可以幫我做一份嗎？」

「哪來的藍莓果醬！混帳！為什麼我要做這種事！吃屎！」

「沒禮貌，來者是客。」蕾妮輕輕拍向布拉德的背，卻在布拉德厚實的胸腔撞出渾厚的聲響，讓他跌了個踉蹌。

「你怎麼知道有藍莓果醬？」蕾妮好奇地看著洛柯羅。

「因為……」洛柯羅得意微笑，走向蕾妮，緩緩舉手，伸向對方的領口。

福星驚叫，「喂！洛柯羅！」

洛柯羅的指頭輕輕地點了點蕾妮的領口，舉起，指尖多了點藍紫色，「這裡，有藍莓果醬。」然後放入嘴中，漾起笑容，「味道很棒。」

「應該是早餐沾到的，真不好意思……」蕾妮呵呵輕笑，「叫洛柯羅是吧？你的觀察力真敏銳。」

「嘿嘿嘿，還好還好，只對吃的敏銳。」洛柯羅儼然專家，裝模作樣地客套謙虛了一番。

「除了藍莓果醬吐司，還想吃點別的東西嗎？我幫你準備。」

「嗯，那就來份葡萄丹麥麵包和新鮮香純的牛奶吧。」

「噢噢，你又是怎麼知道剛好有這些東西？」

「想知道嗎？」

蕾妮被逗得眉開眼笑，「該不會又是從我身上殘留的汙漬推斷出來的？看來我這骯髒鬼得檢討了……」

「不不不，蕾妮很香很乾淨。」洛柯羅漾起招牌笑容，天真地開口，「和剛出爐的麵包一樣白嫩又鬆軟！」

「哎呀呀，你這孩子真是……」蕾妮樂不可支。

布拉德臉色變得有點綠，「可以快點進客廳了嗎？」看著自己的母親和同學打情罵俏，感覺非常詭異。

屋裡的布置以暖色調的大地色為主，裝潢簡單，擺設著木製家具，散發著淳樸的鄉村氣息。雖然擺設簡單，但在細節處仍具巧思，比方說櫃上的彩繪陶碟，以及散布在各處的拼布作品，將簡樸的空間綴飾得溫暖而充滿趣味。

眾人才在客廳坐定，布拉德立即被使喚去廚房倒茶，眾姐姐們東拉西扯地將他帶入。趁著空檔，蕾妮仔細地端詳著福星一行人。

「這是布拉德第一次帶朋友回老家，也是家族裡第一批外族訪客。」蕾妮看了看毫不客氣狂嗑放在茶几上的糖果的洛柯羅，笑了聲，「老實說，我挺訝異這脾氣彆扭的小子竟然有朋友。」

「嗯，確實如此。」丹絹認真附和。

「不會啦，布拉德善良又溫柔，很好相處。」珠月笑著開口。

福星和紅葉等人互看了一眼，強忍住偷笑的欲望。

「這樣呀……」但蕾妮似乎不覺得訝異，「他從以前就是個溫柔的孩子，因此被他父親訓了不少次，吃了不少苦頭。」

「那他父親現在是……？」

「他父親瓦德是特殊生命體警備隊美西負責人，目前在法國開會。最近歐洲那邊……好像有不少事。」蕾妮說到這裡停頓了一下，和眾人交換了個眼色，彷彿大家都知道她話裡指的是什麼。

「即便沒有，他們也很少回來。對狼族而言，只有女性才能一直留在家中，男人就該到外頭打拚，挑戰自我極限。所以常和我們這些女眷在一起、貼心又溫柔的布拉德，便顯得不合狼族的標準了……」

此時，捧著托盤、端著茶水和茶點的布拉德走向眾人。

「在說我的壞話嗎？」將托盤放到桌面，逕自走向靠近伙伴的沙發區，坐下。

「怎麼會？」蕾妮淺笑看著布拉德的一舉一動，再度開口，巧妙地轉移話題，「布拉德比較常回來，萊諾爾的話，只是偶爾會來通電話證明自己還活著。」

布拉德輕笑，「那傢伙現在應該留在夏洛姆的醫療中心吧。」

「受傷了？」蕾妮詫異，「奇怪，他以前即便殘廢也不願意看醫生的……」

布拉德看向福星，兩人心照不宣。

「應該說正在受傷中。」情傷。「就是那個醫生弄傷他的吶。」

看著布拉德的表情，蕾妮大概猜出內幕。「別笑萊諾爾，怎麼不說說自己？」

「我沒什麼好說的。」

「萊諾爾之前來電說你迷上了海鮮料理，愛到起疹子過敏都要吃，可以請你解釋一下是什麼意思嗎？」

紅葉、丹絹和翡翠忍不住笑出聲，趕緊假裝喝茶掩飾。

布拉德表情一僵，「那個傢伙！別聽他胡說！」他偷偷看了珠月一眼，幸好當事者完全狀況外。

「謝謝你們的光臨。」蕾妮由衷感謝，從茶几下方的抽屜裡拿出一疊杯墊，「請用這個。」

看見蕾絲杯墊，布拉德皺了下眉，看向蕾妮。蕾妮則回以促狹的笑容。

布拉德無奈輕嘆，默默將茶遞上。

福星端詳著杯墊，以不流利的英語說，「這個蕾絲杯墊好漂亮喔！是自己做的對吧？」雖然看得出使用了一陣子，但反而讓蕾絲多了種仿古的味道。

琳琳的社區大學之前有開手工藝課程，她仗著教職員的身分也跑去免費旁聽了幾節，做了不少作品帶回來。

「噢，你還頗識貨的。」蕾妮淺笑，「我不太懂這些東西，你還是問製作者吧。」

「製作者？」忽地想起前日在京都串出皇冠飾品、狠狠羞辱丹絹的布拉德，福星將目光掃向對方。

布拉德的表情非常複雜，好像祕密被揭穿的反派一樣。

「那是布兒小時候做的，已經用了五十多年了呢。」

「蕾妮……」為什麼母親總是喜歡在大家面前拆孩子的臺？

「又是你，布拉德？」丹絹低頭盯著蕾絲杯墊，接著揚起笑容，「啊，難怪你之前串珠會這麼順手，原來是天生就很擅長。」

這樣看來，他會輸給布拉德也是合理的事！哼哼哼，不是他太遜，是對手本來就站在不同的起跑點上。很好很好！

「串珠？」

布拉德惱怒地瞪著丹絹，「你可以閉嘴嗎，蠢蜘蛛……」

蕾妮輕啜了一口茶，「泡伯爵茶的話，就要把手工甜餅拿出來配，這是常識。還不去拿？」

布拉德悻悻然地起身，瞪了丹絹一眼，接著再度走回廚房。

趁著布拉德再度被使喚去廚房，蕾妮繼續對著眾人開口，「不只這杯墊，這乏味的屋裡所有稱得上好看的東西，都是布兒的作品。他以前還因為喜歡做這些東西，被他老爹痛揍了一頓，哈哈哈……」

福星張望了屋裡的手工藝品一番，嘖嘖稱奇，「真是深藏不露。」

「我是覺得沒什麼不好，不然一屋子老粗，簡直讓人悶到想吐！——對，一屋老粗，連他姐姐也是！以狼族的標準，布拉德的表現或許不夠狠心、不夠剛強、不夠獨立，但我覺得這反而是他的優點……能遇到欣賞他且認同他的朋友，我由衷感恩。非常慶幸他進了夏洛姆。」

突然被稱讚，讓眾人有些尷尬，有些靦腆。

「說了這麼多莫名其妙的話。真不好意思。」蕾妮停頓了一秒，輕嘆，「我只是想證明，布拉德的心是善良而正直的。或許有時候他的言行顯得具有攻擊性，但那是受狼族教育下不得不如此的表現。你們是他第一次帶回來的朋友，或許也是唯一的朋友。身為母親，我由衷向各位致謝。提出這樣的請求有些慚愧，但這趟旅程，有勞各位關照了……」

「您太客氣了。」丹絹輕啜了口茶，「說來慚愧，我們到目前為止真的都在玩。」道地的修學「旅行」。

「這樣呀……」蕾妮若有所思地點點頭，「總之，布拉德有勞各位關照了。」

「您言重了，我們也受他關照不少。」翡翠跟著幫腔。

看著蕾妮如此客氣，福星既不好意思，卻又覺得有些怪異。

只是旅遊而已，怎麼講得好像要託付終生似的。還是說外國人都這樣呢？

當天中午和晚上，眾人在布拉德家用了餐，欣賞了布拉德被姐妹們捉弄惡整的美好戲碼，最後在夜幕低垂時離開。

Chapter05

旅遊時遇到討厭的親友
是非常掃興的事

下一站，直飛美東，紐約。

傍晚，眾人在曼哈頓區的飯店和理昂會合。

「這邊有三個簽到點，搭地鐵就可到達。」理昂翻開手冊。

「『西。蟄伏於財富之街的金牛犢』——這很明顯是指華爾街博靈格林公園的公牛。

「『西。速成之巴別塔。帝國之柱』——這指的是帝國大廈。僅花了四百一十天建成的一百零二層摩天大樓，曾是世界第一高樓，也是曼哈頓地標。

「『西。首都的後花園，中央之中央，治癒之泉』——中央公園，簽到點在中心處的畢士達噴泉。」

眾人一時不語，直直地盯著理昂。

「怎麼？」

「沒有，第一次聽見你說這麼多話，有點訝異。」紅葉嘖嘖稱奇，「你都查好了？辛苦了。」

「打發時間罷了……」理昂不以為然地收起手冊。

「理昂，那你……要不要一起去呢？」福星小心翼翼發問，深怕已完成簽到的理昂不願一起同行。

「我還沒拿到印花。」

「喔喔？」福星感到驚喜，但又有些不解。

理昂不耐煩地皺眉，低聲呢喃，「既然是團隊，就一起行動……」語畢，轉身昂首走在前頭。

福星愣了愣，揚起笑容。

如果是兩年前獨來獨往的理昂，根本不會說出這種話。

雖然看起來還是老樣子，一樣冷淡、一樣萬年臭臉，但他感覺得到，在表象底下的深處，有很多地方變了。

他喜歡這樣的改變。

他喜歡這樣的理昂。

夜晚的中央公園，和白晝時生機盎然、充滿元氣的模樣截然不同。染上黑影的公園，沒有夜晚的靜謐，反而籠上了讓人不安的氣息，潛伏在暗處的危機與犯罪因子蠢蠢欲動。

「觀光客嗎？」

一群面露凶相、掛著不懷好意笑容的男子，在福星等人進入公園深處沒多久便現形，將眾人團團包圍。

「晚上的公園很危險的，呵呵，把錢——」

話語驟止。下一秒，站立的身影晃了晃，倒地。

看了看倒地的同伴，男人們驚恐地環顧。理昂舉著染血的手，輕舔，皺眉嘖聲，似乎對味道不甚滿意。

「晚上的公園很危險……」理昂低語。

其餘匪徒立即掏出武器，但還來不及反擊，就被丹絹以蛛絲刺中神經，昏迷倒地。

站在最角落的高大匪徒，見情勢不對，張望了一秒，目光鎖定在看起來最遜的福星身上，立即抽槍衝向福星。

福星俐落閃開，伸腳將對方絆倒，趁著對方尚未爬起，抽出背包側邊的不鏽鋼水壺往他後腦勺敲去。

「鏗——」

餘音鏘然，幽然迴盪。

「不錯嘛，」翡翠拍手，「有進步。」

「拜託，我好歹也入門兩年了。」福星走到第一個被理昂撂倒的匪徒身旁，低頭查看，只見對方衣襟被血染紅了一片。

他抬頭，望向理昂，「……你殺了他？」

「只是皮肉傷，死不了。」理昂舔了舔指尖，最後放棄，直接甩去手上的血，「吸毒者。味道真糟。」

福星鬆了口氣，由衷感謝理昂。

剛才的狀況，對特殊生命體或某些人類而言，殺了對方其實算是合理且正當的反應。雖然已經入門兩年，但他還是對於殺戮的場面無法適應。

眾人前往公園中央的畢士達噴泉。夜間，潺潺流動的水泉發出清爽沁涼的聲響，泉邊的湖泊旁棲息著已入眠的野鴨野雁，一派祥和。噴泉旁立了四座雕像，分別代表「節制」、「純淨」、「健康」和「和平」。

負責駐守的是一名闇血族。深褐色長捲髮、蒼白皮膚，以及紅豔朱唇，帶著點病態美的豔麗女子，典型的闇血族外貌。

「噢，夜安，夏格維斯大人。」女子一見到理昂，立即輕拎裙襬欠身行禮。「您的到臨令我深感榮幸。」

「夜安，西薇雅。」

夏格維斯大人？福星看向理昂。

雖然知道理昂的家族在闇血族裡似乎地位甚高，但是他沒想到會高到讓人足以尊稱為「大人」。

「美東和歐洲是重點地帶，老實說，看見您現在才出現讓我有些訝異。」西薇雅淺笑。

「我自己有計畫。」

「是您的計畫，還是您『同伴』的計畫呢？」西薇雅目光掃向理昂身旁的伙伴，在福星的身上停留了片刻，移回理昂。

那一瞬間，福星感覺到了一股敵意。

「您選擇的伙伴，非常『特別』。太過特別，不太像以往的您……」西薇雅垂目低語，「這不是我們所樂見的……」

理昂不理會西薇雅的話語，直截切入正題，「這一關有什麼要求？」

西薇雅回復原本的營業式客套笑容，「畢士達噴泉之名，源自聖經故事。位於耶路撒冷的一座噴泉，因天使降臨，使泉水具有治癒能力。因此，這裡要考驗各位的是癒療術。」

「怎麼測驗？」紅葉笑著質問，「我們互毆一頓，然後治療受傷的那一方？」

「我也這麼希望，可惜規定不是如此。」西薇雅彈指，一道不可見的力量飛過，將原本懸在一旁空中的物體拉落地面。

六具厚重的軀體落地。仔細看，那六人倒地後便昏迷不動。福星認出那是方才攻擊他們的匪徒。

「嘖嘖，只有一名受傷嗎？」西薇雅抽出掛在腰間的長刀，往每個人的身上各刺了一記，殷紅的血立即湧出。

「喂！妳——」

「好了。現在，」西薇雅收起刀，微笑，「治療他們吧。」

「剛才的攻擊是妳安排的？」

「是啊。」

眾人表情變得不太好看。雖然沒受到任何損傷，但有種遭人惡整的不悅感。

「不快點動作的話，就沒辦法『治癒』他們囉。」彷彿沒察覺到眾人的不悅，西薇雅笑著開口，「只能收屍。」

「交給我吧。」珠月向前一步，蹲下，觀察傷者。片刻後，她召出水球，水球附在傷者的患部，開始運作，傷口在極短的時間內癒合。

西薇雅拍手，「精彩，不愧是擅長療癒之術的蛟族。」

「那現在要怎樣，放他們走嗎？」丹絹沒好氣地詢問，「該不會還要我們到府服務，將他們送回家吧。」

「怎麼可能。」西薇雅笑出聲，「這樣太浪費了。」

浪費？福星問道，「什麼意思？」

「我來的第一天這些傢伙就攻擊我。既然這麼喜歡群聚活動，就讓他們不斷重複，供給簽到者當練習的工具。運氣不錯，目前只掛了兩個。」

聽見西薇雅的話語，眾人表情凝結。

「聽起來很環保，」翡翠嗤笑，「重複使用是什麼意思？」

「我控制了他們的記憶，讓他們忘了每晚的遭遇。廢物就要重複利用嘛。」

也就是說，從修學旅行第一日開始，就不斷地受傷、被治癒？

「聽起來有些殘忍……」福星低語，「這樣子不太好吧，已經給了一次教訓，應該可以收手了……」

西薇雅望向福星，揚起輕蔑憎惡的獰笑，「不然，你自願來當這一站的測驗工具？自願一次次弄傷自己來供人治癒？」

「呃，這……」福星語塞。

「況且，這些傢伙原本就是人類之中的犯罪者。在遇到我們之前，或是沒遇到我們的未來，都必然給其他無辜的人帶來災禍和傷害。這樣的人，有同情的必要？對以前那些受害者而言，我們的行為才是正義的。」

「但是……沒有人是真心想變成壞人的，可惡之人必有可憐之處，在未來也未必不會改過向善。」福星停頓了一秒，「況且，我覺得沒有人有資格論斷審判別人……」

他想起在宗教史的課堂上讀到的東西。

——你們中間誰是沒有罪的，誰就可以先拿石頭打她。

這是犯了通姦之罪的女子，在將被施行亂石砸死之刑時，耶穌所說的話。

「所以我們就必須被動地任人宰割？偽善者的懦弱，只會帶來災禍和自身的毀滅。」西薇雅望向福星，眼中出現殘酷的陰冷，「我是否該在災禍擴大之前，杜絕殃源……」

理昂向前一步，不著痕跡地擋在福星之前。

「注意妳的身分。」理昂冷聲輕語。

看著理昂，西薇雅長嘆一聲，「大人，您變了。」她收斂起態度，「見到傳聞中的闇之爪，我有些失望……」

「你們的期望與我無關。」理昂淡然回應。

西薇雅輕嗤了聲，望向理昂，「人家說闇之爪之所以改變，是因為受同伴影響，看來，我找到引誘您墮落的根源了……」

理昂冷冷地瞪著西薇雅，「我的私事妳無權干涉。」

西薇雅不以為意淺笑，彈指，將被治癒的人收回原本位置，「克斯特夫人的血之後裔重返故鄉，在東歐凝聚了不少聲望，重建威勢。在這關鍵時節，麗夫人的作為反而被極右派視為光榮表率。」

「不干我的事。」

「元老院或許不這麼認為。長老們非常希望您重新統率眾家族，畢竟夏格維斯家才是闇血族領導者的正統宗主。」西薇雅向後退一步，鄭重行禮道別，「東行組的您，下一站應該是往歐陸前進吧。標為紅色區域的歐陸戰場，希望您在那兒有所斬獲。祝您一路平安。」

理昂無視西薇雅，直接轉身。其餘伙伴跟在理昂身後，頭也不回地離去。

「祝您早日回歸正途。」看著遠去的昂然背影，西薇雅輕輕低語，「若您執迷不悟，元老院會幫助您走回正道的……」

離開了讓人不愉快的中央公園站，眾人搭乘地鐵，迅速地前往另外兩處據點，完成了簽到，取得印花。

幸好另外兩關非常和諧，分別是從火精靈的結界中取得印章，以及破解海妖的魔法陣。炎狐紅葉和召喚師子夜，輕鬆解決考驗，完成任務。

一口氣取得三枚印花，士氣大增，大家忘了第一站的不愉快，開心地規劃著接下來的活動與行程。

只有理昂始終沉默，安靜地跟在隊伍末端，彷彿整個人抽離現場，逕自形成一個封閉的小空間。

與西薇雅會面之後，理昂的表情森冷，讓人想起初入夏洛姆時的他，一路上不發一語，回到飯店也是獨自一人待在房裡，不與人互動。

看著這樣的理昂，福星十分擔憂，「你還好嗎？」

「嗯……」

理昂坐在房間的窗邊讀著自己的書，看起來沉浸在書中世界裡。

但福星知道，他只是藉著看書的動作，掩飾心裡的不平靜，並且打發掉與他人的互動。

「您變了。」中央公園裡，西薇雅如此說著，「令人失望。」

福星想起方才公園裡的情景。

理昂的改變是他導致的嗎？這樣的改變，不好嗎？原本冷漠孤高又森然殘酷的理昂，變得好相處，這不是好事嗎？

還是說，將嗜血的鯊魚改變成素食者，反而將牠推上自我滅亡之路？

福星打了個寒顫。

如果沒有這麼多對立和紛爭就好了。照著自己的意思做自己，原來是件這麼艱難的事……

離開美東，下一站，大不列顛帝國首都。

西。倫敦之眼。引導手冊上簡潔地寫著淺顯明白的提示。

自希斯羅國際機場降落，直接前往位於泰晤士河畔。名為倫敦之眼的巨大摩天輪在夜裡閃爍，有如嵌在空中的光輪。

眾人坐上摩天輪，從臉上始終掛著笑容的矮妖手中得到印花，完成簽到。簡單得讓人覺得不可思議。

「就這樣？」福星不可置信地盯著手冊上的印花，「不用找出印章、不用破解結界、不用打鬥，直接蓋章？」

矮妖笑呵呵地點頭，「來到這裡就算是種考驗了。」

倫敦並不是什麼偏遠難達的地點吧？福星不解，但也沒興趣多問，反正任務簡單、皆大歡喜就好。

倫敦的簽到點非常密集，大笨鐘頂、聖保羅教堂、大英博物館等著名地標都有設站，而且提示都不難。

最神奇的是，守關者都非常和善，相當輕易地就讓眾人簽到蓋章。一行人迅速地累積了數枚印花。

「怎麼會這麼簡單啊？」福星翻著手冊，滿滿的印花讓他充滿成就感。「這樣真的可以嗎？該不會有什麼隱藏任務我們忘了解吧？」RPG遊戲經常搞這招！

「會嗎？」洛柯羅邊吃著霜淇淋，邊翻閱著手冊，「既然是隱藏任務，那我們應該繼續無視，這樣才是對隱藏任務的尊重。就像是看見戴假髮的人，要假裝那是真的頭髮一樣，不可以去扯。」

「這什麼怪比喻？」福星盯著手冊，「真的很奇怪……」

同行的其他人互相使了個眼色。

「晚餐想吃什麼？」丹絹開口，轉移話題，「中國城的中式料理，或者是印度菜？」

「啥？來英國吃中國菜喔？不來點道地的英國美食？」

「英國菜超難吃。」布拉德擺出個作嘔的表情，「你想吃的話自己去，不奉陪。」

「真的假的？」福星呆呆地問。

「想吃一次嗎？」子夜以幽然的語調詢問，彷彿在問——想死一次嗎？

珠月跟著補充，「英國的中國菜和印度菜才是王道，超好吃的。當地人和遊客都知道喔。」

「這樣喔……」福星傻愣愣地被轉移注意力，忽略了活動的不合理之處。

一行人熱熱鬧鬧地前往翡翠推薦的餐廳。餐點果然可口，重點是非常便宜。

走在歸返飯店的路上，月盤高掛夜空。看著細長的皎月，總是掛著無憂無慮笑容的洛柯羅，露出了嚴肅的神色，像是聽見什麼呼喊，朝北方望去。

好久不見。

他馬上就到……

次日早晨，洛柯羅的床位上空無一人，同行者找遍了各處，不見蹤影。只在茶几上看見了一張以飯店附的餐巾紙寫成的字條——

有點事，先離開啦！不要想我，要幫我買禮物。改天見！

「這傢伙在搞什麼啊？」福星撥了洛柯羅的手機。對方雖開機，卻無人接聽。「可惡！什麼時候學會這套了？」

「每個人都有自己的私事……」子夜出聲緩頰，「或許是我們無法想像得到的。」

從第一次見到洛柯羅開始，子夜就感覺到對方並非表面上看起來那麼單純。

雖然只是中階的妖精，洛柯羅身上卻帶有其他物種的氣息。相當複雜的氣息，既擁有幽冥闇界的深沉，又擁有上族靈體的神聖。

「你是指偷偷參加大胃王比賽之類嗎，這有什麼好隱瞞的啊？」福星沒好氣地抱怨，「怎麼不說清楚就走了呢……」

洛柯羅的不告而別讓他有點受傷。

「即使是朋友，也未必得全然坦誠。每個人都有不為人知的一面，擁有自己的小祕密。」子夜看著福星，眼中帶著審視意味。

福星忍不住將目光移開。

是的，確實。

他自己就擁有一堆祕密……不敢讓伙伴知道的祕密。比方說他身上的異常之處，比方說他是混生種的身分。

「說不定也不是什麼大不了的事，只是洛柯羅沒想那麼多就先行動了，」翡翠悠哉地說著，「管理那傢伙思考的器官不是腦而是胃，本來就難以理解。」

「放心，他這麼大一個人，能照顧好自己的。」珠月跟著出聲安撫，「我想，應該不會拖延太久的，真的有問題的話，他也會主動聯絡我們。」

伙伴的安撫讓福星的心情好了一些，但仍然有些鬱悶。

每個人都有不為人知的一面，擁有自己的小祕密。

這趟修學旅行，揭開了不少人隱藏著的祕密。同時，眾人的關係似乎也因此比以往更加密切，羈絆更加深厚。

這讓福星感到不安。

擁有最多祕密的自己，看著伙伴們的坦然，有種背叛了他人的罪惡感。

下一個會是誰？

他還沒準備好讓伙伴們知道他的祕密……

凌晨時悄然離開蘇活區飯店的頎長身影，搭上了首班飛機，於清晨時分抵達愛爾蘭都柏林機場。接著轉乘火車，來到威克洛郡。

下了車，吸了口帶有清新晨露氣味的空氣，低語，輕聲召喚風之元素於足底。踏著長風，以半翱翔的姿態，快速飛往人間仙境格蘭達洛。

未經開發、保留完整山林樣貌的格蘭達洛，遍地蒼翠，湖光山色，雖是野生天然，卻擁有著難以言喻的精緻繽紛。

在宛如巨大鏡面的湖泊旁停駐。廣袤的天地間，僅只一人佇立，在眾山林間靜默注視下，緩緩步向湖畔。

頎長的身子走入湖中，平步水面之上，直抵湖心。

閉上眼，低吟了一串以古精靈語構成的咒語。片刻，湖面水波開始晃蕩，泛起皎白的柔光，接著，從柔光之中緩緩升起一道水柱。

水柱漸弱，顯露出一座像冰雕般的結晶物，透明的晶體之中，包藏了一個纖細的人影。

擁有銀白色長髮、雪白肌膚的女子沉眠在其中。

飄逸清靈的容顏，是洛柯羅曾經幻化成的樣貌。在一年級學期初時，展現過的女體姿態。

洛柯羅閉上眼，一手貼上晶體，掌心亮起微弱的光，光線有如細絲，導入結晶內部，連入女子的掌心。

片刻，女子眼眸微顫，接著睜開。

「洛柯羅……」

「好久不見。」洛柯羅微笑。「女王陛下。」

女子還以微笑，伸起手，隔著晶體和洛柯羅掌心相貼。「還是叫我艾芙吧。」

「不好意思，之前借用過妳的外貌出現幾次，」洛柯羅呵呵一笑，「而且剛好都沒穿衣服，哈哈。」

「沒關係。」艾芙低頭，「靈魂一直借居你的身體，我才該感到抱歉……」

「無所謂啦，反正還有一個空位，能再裝一個呢！」洛柯羅燦笑，「況且託妳的福，我才能到地面上玩。冥界真的很無聊，東西又超難吃！」

「你喜歡人類嗎？」

「喜歡！他們發明好多好吃的東西！地面上實在太棒了！」

「你在夏洛姆過得愉快嗎？」

「當然！當初妳要我去上學，我還以為是酷刑，沒想到這麼好玩。我喜歡福星、翡翠，還有寒川、理昂、布拉德、珠月、紅葉，太多了……」滔滔不絕的話語停頓了一下，「我喜歡夏洛姆的每個人！……不對，應該說，這地面上的一切我都喜歡，不管是特殊生命體還是人類。」

「這樣很好……」說著，艾芙忽然蹙眉，露出痛苦的神情。

「妳還好嗎？」洛柯羅將臉貼向晶體表面，擔憂地開口，「還沒復元嗎？」

「還差一些。」當年撐起夏洛姆這整個空間裂縫，耗了她太多體力，讓她必須進入長眠狀態養傷。

艾芙抬起頭，「靜靜守護你周遭的人，特別是賀福星。」

「嗯，我知道。福星很好，大家都喜歡他，也會保護他。」

「我所建立的空間和結界開始鬆動，革新的因緣之時即將到來，變異的因果趁著時運開始祟動。」

這樣的變異是帶來改善世局的新象，還是足以徹底重建的毀滅？

洛柯羅看著艾芙，「我不喜歡改變……不能維持現狀嗎？」

艾芙苦笑。

「時間到了，我該回去了。抱歉還得暫居你那裡一陣……」清澈的眼神開始渙散，在閉上眼前，抬頭望向天空，「日全蝕帶來的動盪，似乎讓結界出現裂痕……」

「會怎麼樣？」

艾芙開口，但在吐出話語前便陷入睡眠。銀白色的絲線從細白的掌心流出，穿過晶體，折返到洛柯羅手中。

……千萬要小心……

變革的終戰之戰，即將開啟。

傍晚，福星等人準備搭上前往法國的班機。同一時刻，英國的東南方，跨越海洋，位於地中海北岸的國家，義大利，水都威尼斯。

位於水道旁的深巷中，遠離鬧區的街角，搏命廝殺正激烈地展開。

兵刃相接，以及不屬於人類的獸爪和異能力，此起彼落。

七名穿著白色軍服的淨世法庭隊員，對戰四名特殊生命體——

那是夏洛姆的學生。

一旁的地面倒臥著三名白衣人，但已半形化露出獸耳的精怪，身受重傷，動作開始變得遲緩。

原本處於劣勢的人類一方，在戰鬥中途得到前來支援的咒靈，情勢開始逆轉。咒靈的攻擊動作單調，但是渾身帶有死亡詛咒，讓學生們不敢妄動，沒多久便由攻擊轉為被動防守。咒靈的動作開始加快，窄巷中讓人不利閃避，加上後到的白三角支援者，沒多久便將夏洛姆的學生逼向死角。

眼見特殊生命體即將敗退，學生們咬牙，露出視死如歸的眼神，企圖同歸於盡時……

忽地，咒靈的動作停止。

下一秒，深色的嘴唇大大地張開，發出無聲的吶喊，黑色的血液有如噴泉般湧出，接著整個人體有如沙雕一般崩壞，風化為塵土。

面對這樣的轉變，兩方人馬同時愣愣。

「晚安。」同樣穿著白衣、擁有黑髮的少年從天而降，有如神使。他打量了在場的人一眼，輕嘖一聲，「不在這裡呀。」

唉呀呀，又撲空了。福星究竟是跑去哪兒了？

突如其來降臨的第三者，讓兩方人馬一時不知所措，同時猜想著對方是敵是友。

另一名咒靈感受到同伴的毀滅，立即對著消滅同伴的力量發動攻擊，帶著黑色指甲、捆滿繃帶的手朝少年揮去。

「髒東西。」少年不屑地輕嗤，「這可是新衣服。」轉身躲過攻擊，對著咒靈彈指。

下一秒，咒靈發出慘叫，淪落相同的下場。

眼見己方的致命武器在瞬間被毀壞，淨世法庭警備隊員認清來者為敵，立即發動攻擊，對著少年掃射銀子彈。

然而，子彈在距離對方約三十公分的空中猛地停頓，彷彿被看不見的牆擋下，掉落地面。

少年冷眼向旁一瞥，「雜碎，你們是憑著什麼樣的法儀在執行正義？」

七名白衣人同時倒地，血液將白色軍服染紅。

整了整衣服，輕瞥了倒地的人一眼，少年發出冷笑，「我才是公理與正義的代理者。」

「你……是誰？」夏洛姆學生戰戰兢兢地打量來者。

對方看來不是敵人，又出手相救，但那強大的力量和充滿威嚇的存在感，讓人不敢將他視為自己人。

少年輕笑，「算是校友吧。」畢竟他也在夏洛姆待了很長的一段時間，雖然那是段痛苦又屈辱的歷程。

「能挑戰白三角，勇氣可嘉，但實力太弱。」

少年伸手，對著四人一揮，有關他的記憶，立即從腦中抹去。四人露出恍惚的表情，和福星陷入迷離狀態時一樣的空洞表情。

「加油吧，等著迎接新時代的來臨。」

SHALOM ACADEMY

Chapter06

一人喝醉，眾人受罪。

義大利以南，梵蒂岡東南角。淨世法庭本部。

「C組第十七小隊隊員失去聯繫。」情報組成員看著電腦上通訊系統呈現離線的小隊，臉色一沉，「恐怕凶多吉少……」

指揮中心總長斐德爾，面色凝重地坐在會議廳的主席位，聽著下屬的報告。

「第四十六起。」

「從七月中下旬開始，位在世界各地的隊員紛紛遭到陰獸的攻擊……」戰略部隊長看著資料，無奈低語，「簡直像是在狩獵我們……」

「無益於戰情的喪志話就免了，瑞伯。」斐德爾冷叱。

電腦傳來一陣電子聲，最新情報傳入。

是凶訊。

「B組第十四小隊歸來，死者六人，傷者四人。」情報組成員停頓了一下，「不過，讓兩名陰獸重傷逃逸。」大凶之中的小吉。

斐德爾聞訊咬牙，握在手中的筆硬生生折斷。

「現在該怎麼辦？斐德爾大人……」南二區指揮官以無奈的口吻發問，「伊利亞大人有什麼意見嗎？」

「最終狩儀——淨世之儀什麼時候才能完成？」另一名指揮官發問。

「不能多分配些狩儀給地方嗎？少了狩儀，對戰情真的很不利……」

斐德爾拍桌，阻斷了所有此起彼落的話語。「伊利亞大人自有計畫，目前能做的就是盡力搜集情報，努力降低傷亡……」

在水到渠成之前，只能被動地防禦忍辱。

「但是……」

「情報不足的劣勢，就以戰鬥力來彌補。」斐德爾起身，發令，「將所有身軀完好的殉職戰士，帶往實驗室。」

「全部?全都要製成咒靈?」北一區指揮官顯得相當訝異，「但斐德爾大人您的體力……」

「我要讓他們的死不白費，雖敗猶榮。」非常時刻，只能採用極端手段。原本他也想讓死者安息，但是現況逼得他出此下策。

敵人都攻到自家門口了，不能再忍氣吞聲。

「還有什麼要報告的?沒意見的話，散會!」

「等等!」機工部研修組長開口。

「怎麼?」

「有件怪異的事，雖然和戰事無關，但我覺得還是得向您呈報。」研修組長停頓了一秒，略微猶豫地開口，「……在當時現場附近，應該說整個北義大利地區的狩儀，都有奇怪的反應。狩儀上出現劇烈的光點，有別於平時的幽藍色光點，出現了像白晝一般的熾烈光芒，雖然只存在了相當短的時間。」

斐德爾詫異，「真的？」他想起之前遇到那名東方少年時，狩儀也是出現異常。「查出原因了嗎？」

「還沒，但維修員表示狩儀都正常，無故障跡象……」

「叩叩。」門扉傳來輕敲聲，接著開啟，穿著修士服的祈聖者宣達著宗長的命令。

「伊利亞宗長大人召見總部指揮官斐德爾。」

「是。」斐德爾起身，對著研修組長開口，「待會再向我報告。」接著跟在祈聖者身後，離開會議室，前往宗長所在的聖廳。

宗長聖廳。一如平日的莊嚴肅穆，宛如真神降臨的神殿。

穿著深紅祭司服的伊利亞，站在淨世之儀前方，威儀凜然。

「伊利亞大人，有何吩咐？」

「我聽說了。」伊利亞背對著斐德爾，輕語，「這陣子，傷亡似乎驟增，哀嘆聲充斥了法庭上下……」

「屬下無能，非常抱歉。」斐德爾本想繼續沉默，等待伊利亞發言，但卻忍不住先開口，「大多數的狩儀都已繳回，做為淨世之儀的原料，這對掌握敵情真的有相當大的影響。從七月中旬開始，損失的兵力是過去的四倍。」

「為了更大的勝利，眼前的屈辱也只能忍耐。」伊利亞長嘆，但臉上始終堅毅，對傷亡者並未表現出太多的惋惜。

為了最終的勝利，犧牲是必然，也是必要。

斐德爾低下頭，不語。

如果勝利的代價是全體滅亡，這樣真的算是勝利嗎？

伊利亞伸手輕輕撫向淨世之儀，「今天晚上，淨世之儀有些怪異。」

斐德爾抬頭，「怎麼了？」

「尚未完成的淨世儀上，偵測到陰獸的存在，出現白色光點。」伊利亞伸手，輕輕點向歐陸南方，威尼斯一帶，「在這裡。」

斐德爾臉色一變。那是C組第十七小隊殉難的地點。

「聽說，那附近的狩儀，也出現相似的反應。」

「是的……」

「能讓尚未完成的淨世之儀感應到力量，看來，對方不是個簡單角色……」

斐德爾臉色更加暗沉了幾分。

如果陰獸找來這麼強大的幫手，那對淨世法庭將非常不利。他原本以為已經處於最糟糕的境地了，沒想到惡耗仍舊頻傳。

「雖然這不明人物的出現帶來些困擾，但仍有幾個疑點。首先，這麼強大的幫手為何現在才出現？另外，他的身分是否真的是『陰獸』？」

「您的意思是？」不是陰獸，那還能是什麼……

伊利亞不語。

狩儀偵測到陰獸，會發出幽藍色的光芒。那是靈魂能量的顏色，物質界的生命體大多是那樣的色調。陰獸是幽藍色，人類和其他動物是偏紅的藍紫色。

白色的光，是高於物質界生命體的存在，神聖的光。

難道，神靈選擇站在陰獸那方？

不，不可能。至真至聖者的啟示不可能有誤。

「變動開始，革新之日即將到來。終戰之戰，將化除所有血與淚，開啟新世界。」

這是他覺醒為宗長時聽見的第一條神諭。

即使陰獸找到上級靈體的協助，那必然不是聖靈，而是帶來毀滅的邪靈。

既然是不該屬世的邪祟之靈，那麼，淨世法庭會將之一併除滅！

「除此之外，我還發現了一件事。」伊利亞繼續開口，「白點最初的閃爍之點不是義大利。」

停在淨世之儀上的手指向上滑動幾分，來到中立之國，瑞士。

「在前幾天傍晚時分，大約是日蝕正中的時刻，這個地區，也有白光隱隱閃動。」

「所以……瑞士可能是陰獸找來幫手的地點？」

「或許。不只如此，看來懂得團結的不只有我們，下等的獸類為了活命也懂得合作。說不定，白點的其中之一，就是陰獸聚集的巢穴。」伊利亞回首，以堅毅威凜的語調下令，「找出他們的基地，加以毀滅！」

「是！」

離開霧都倫敦，前往隔著英吉利海峽的國都，法國。

波爾多，法國第一葡萄產區，號稱世界葡萄酒中心的紅酒之都，是福星一行人的停駐點。

「為什麼不去巴黎啊？」站在酒廠的門市部裡，福星看著手冊，不解發問，「『時尚之都，香榭之路。』這一定是在講香榭大道吧？」除此之外，巴黎還有許多個簽到點，非常密集。

「為什麼要去？」端著高腳杯輕嗅著酒香的丹絹反問。

「是呀，這裡很好嘛。」嗜酒如命的紅葉啜飲了口甘釀，發出滿足的呻吟。「這個，給我一箱！」

「我也是。」丹絹跟著追加。

看著不斷發出津津有味的嘖嘖聲的兩人，福星沒好氣地嘀咕。「我看你們是為了酗酒才選這裡吧……」

「也未必，巴黎的物價貴得要死，我可不想去那裡當肥羊給人宰。」翡翠悻悻然地說著。

「況且，每個地點都有可觀之處。巴黎有巴黎的美，這裡也有巴黎所沒有的風景呀。」

珠月笑著開口，雪白的臉頰因酒而酡紅微醺。

站在一旁的布拉德，明明才喝一口，臉也跟著泛紅，不知是在湊什麼熱鬧。

「這樣喔……」說得也是啦。

福星看了看酒杯裡有如寶石般的殷紅液體，又看了看站在一旁凜著臉、端著酒杯卻不沾半滴的理昂。

理昂酒量很差，喝了酒就會完全變個人的事，除了他和小花沒人知道，就連理昂也不知道自己的這個祕密已經被人發現。

紅葉和丹絹安排了這樣的景點，對理昂而言還真有點尷尬。

福星不顧品酒程序，將杯中液體一飲而盡，走向理昂，低調地和對方交換了酒杯，然後同樣一口氣喝下。

「嗝。」味道不錯，不過有點猛……

理昂握著空酒杯，看著福星，困惑挑眉。

「我剛想再去試喝一杯，但是老闆不給我，只好喝你的！」福星又打了個嗝，傻笑，「不好意思。」

理昂不語，靜靜地握著酒杯，但表情隱約有種鬆了口氣的感覺。

眾人在著名的酒廠中，從明顯處於酒醉狀態的妖精手中取得印花——還蓋歪了，輕鬆完成任務。

「怎麼又這麼簡單？」福星看著手冊上歪斜的印花，納悶。

總覺得，從進入曼哈頓往歐陸東行之後，印花的取得變得很容易。許多景點很容易到達，但是簽到處的駐守者卻都直接蓋章。

讓人不禁感到有點心虛又有點不安。

「說不定是有潛在的危機和難度。」子夜淡然開口，「搞不好他隨時會酒駕開車來撞我們，並且肇事逃逸。」

「對對對，然後還有強大的律師團當後盾，最後哭著道歉說自己有憂鬱症、乞求大家原諒這樣。」紅葉跟著附和，「說不定就是要考驗我們的臨場反應，要從人類社會學裡學到的東西加以應用。」

「這也太……曲折了吧。」不過好像還頗常聽見這樣的例子。福星稍稍放下心。

離開了製酒廠，眾人前往市區晃了一圈。雖然不像巴黎市中心那麼繁華眩目，但許多與酒製品相關的小店林立，也別具地方特色。

一行人在波爾多痛快地品嘗名酒與美食。紅葉和丹絹這兩個酒鬼顯得如魚得水，其他人也多少喝了些當地盛產的香醇佳釀。

只有一個人，始終滴酒不沾，並且在吃完晚餐後先行返回飯店，避開了夜晚的酒鄉之旅。

在今晚停留的第三間紅酒專賣店裡，紅葉晃蕩著杯中的深紅液體，接著舉到面前嗅了嗅，輕啜了一口，「味道太棒了！」

「理昂不能來真的太可惜了。」

「剛才晚餐附的紅酒他也沒喝。」翡翠嘖聲，「太浪費了。」

「呃，或許他累了吧。」福星趕緊幫忙解釋，「可能他晚上有其他安排，想讓意識保持清醒。」

「才喝個幾杯而已，沒那麼誇張吧？」丹絹質疑。

「似乎是有宗教因素。」同樣知道內情的小花，神色鎮定地瞎掰，「聽說在齋戒期，清酒濃酒皆不可沾，應該是為了這樣的緣故。」

「啥，那傢伙有這麼虔誠？」布拉德不可置信，「妳怎麼知道的？」

小花看了福星一眼，「之前去福星的房間，碰巧知道的。」

「是嗎？」布拉德笑了笑，調侃，「夜間私訪男生宿舍，妳的膽子挺大的。」

「好說好說。」

「少裝了，妳連男子澡堂都去過不知道多少次了。」翡翠吐槽。

別以為他不知道，小花拍了一堆美男出浴照，在女學生之間廣受好評，銷路極佳，讓他既羨慕又嫉妒。

「真的?!」布拉德震驚，「妳去那裡幹嘛？」

小花停頓了幾秒，「觀察生態……」

布拉德乾笑了幾聲，遲疑了一秒，「那……妳潛入過我的房間嗎？」

「當然沒有。」小花義正辭嚴地否認。

「那就好。」布拉德鬆了口氣，但出於不服輸的個性，好奇一問，「為什麼不來？」難道是……他沒有賣點、沒有看頭？

「出於尊重。」小花淡淡低語。她不想做惹布拉德討厭的事，也不想拍下他的照片和別人分享。

「這樣呀……」得到這樣的回應，布拉德一時反而不知所措。

「當然，如果你希望的話，我也可以不時地過去參訪取材一番。」小花端起掛在頸上的相機，「是你的話，我會想以紀錄片的方式拍攝，而不只是相片。」

「謝了，不用。」布拉德敬謝不敏。雖然如此，他還是因小花的回應而小小地虛榮了一下。

布拉德跟在珠月後方，漫不經心地一起聽著品酒師的講解。小花則站在一段距離之外，靜靜觀看。

「傻子……」

小花回頭，看了子夜一眼，「你說誰是傻子？」

「大家都是。」子夜啜了口酒，咂了下嘴，「我比較喜歡高粱的味道。」

「干我屁事。」小花瞥了子夜一眼，離去。

在市區逛了一圈，雖然大部分的時間都是停留在酒店裡，回程時福星在具有當地特色的食品店裡買了些宵夜回去。

推開六人房的大寢室，果然見到理昂坐在窗邊，老樣子地閱讀著深奧的精裝書。

「理昂，我們回來了！」

「嗯。」

「一直看書不會無聊嗎？」布拉德輕笑，「這麼孤僻自閉，難道沒有其他事可做？」

「比方說串珠或織蕾絲？」理昂淡淡開口。

翡翠和丹絹很不客氣地直接噴笑。

布拉德咒罵了聲，轉身走向床區收拾東西。

「要不要吃特產？」福星走向理昂，捧著塞得鼓脹的紙袋，「有很多種類喔！味道都很棒！」

「不用。」他沒有吃宵夜的習慣。

「真的不要？」福星的表情有點沮喪，「有一間手工冰淇淋店超有名，我多買了兩份說……」

理昂闔起書，長嘆一聲，「放著吧。」

福星開心地拿出紙盒裝冰淇淋和湯匙，放在理昂面前，「快點吃，不然會融化，這是純手工的呢！」

「福星！我的充電器是不是在你那裡？」從半開放的隔牆後方，翡翠的叫喚聲響起。

「喔，我找一下！」福星轉過身，蹲下，從那一大包混亂的行李箱裡找尋著充電器的下落。

突然，一股熱氣拂向他的後頸。低沉且具有磁性的嗓音，輕柔地傳入耳中。

「夜安，擁有黑絲絨般秀髮的女士，我們又見面了……」

福星背後寒毛豎起。這耳熟的嗓音和語調，讓他惶恐不安地緩緩回頭。

「啊——」淒厲的吶喊隨之爆開。

聽見慘叫聲，分散在房間各處及隔壁房的伙伴，立即衝入。

「怎麼回事？」布拉德警戒地衝入，手指已半形化成獸爪狀。

只見福星縮在角落，以驚恐又不解的眼神盯著室內的另一人，理昂。

「他、他……」福星抖著手，指著對方，看起來飽受驚嚇。

翡翠立即衝向理昂，一手壓住對方的脖子，冷聲質問，「夏格維斯，你對福星做了什麼！」

理昂盯著翡翠幾秒，伸手，輕扣住對方的下巴，漾起融化人心的笑容。

「你的眼睛真漂亮，是翠玉的顏色。」

「呀！」珠月發出莫名的興奮叫聲，然後是一連串的快門聲響起。

翡翠愣了一秒，像被火燒到般向後一跳，轉眼瞪向福星，「賀福星！你對理昂做了什麼！」

「我、我不知道啊！」怎麼矛頭立刻指向他！太傷人了吧！「我只是給了他冰淇淋，接下來就——」

小花走向書桌，拿起放在桌上的冰淇淋盒蓋，輕嗅，「這裡面加了萊姆酒……」微量的萊姆酒。

「什麼?!」福星傻眼。「才一點點而已，怎麼會嚴重成這樣?!」

「或許是舟車勞頓的緣故，」理昂柔聲地主動解釋，「造成諸位的困擾，我深感罪過……」

「你還好嗎？」丹絹打量著理昂，好像是在審視故障機器的維修工。

「這幾日連夜奔波，我的身體與心靈都陷入乾渴……」理昂緩緩走向丹絹，「你是否願意成為滋潤我的澆灌者？」

丹絹呆滯。福星從來沒有看過丹絹露出這麼痴呆的表情。

「好！很好！非常好！」處於莫名狀態的珠月發出不屬於少女的豪邁吆喝，興奮地用力擊掌。

「這是怎樣？可以請瞭解內幕的人解釋一下嗎……」打從一開始就站遠遠隔岸觀火的子夜，對著福星呼告。

福星尷尬地回視著眾人，開口，「理昂他……酒量很差，而且容易醉，醉了之後就會變這樣……」可以說是完全不能碰酒。

「啥？這傢伙不能喝酒？」布拉德的表情，和發現隔壁同學尿褲子的小學男生一樣。「身為男人竟然無法喝酒，這未免太遜了。」

「噢，阿爾伯特，我的摯友，在您的雄風面前，任何男人都要震憾不已。」理昂由衷讚嘆，「上回在廁所匆忙一瞥，真是驚為天人……」

「你——」

「珠月閣下要是有幸能拜見欣賞到您該處的英姿，必定也為之絕倒，您也不用花那麼多心力去做些單純到可笑的討好之舉……」

「他媽的！這小子一定是故意的！」

「但是還頗有趣的啊。」紅葉盯著理昂，彷彿發現新奇的玩具。

理昂轉向紅葉，「噢，明豔如火的燄狐，您的美幾乎灼傷了我的眼。有幸與您一同旅行，既是種榮幸，也是種煎熬。」

「為什麼？」紅葉笑問。

「要忍耐著不對美麗的您做出非分之舉，真是件折磨人的酷刑。」

「哈哈哈哈哈！」紅葉大笑，心花怒放，「我比較喜歡這個。之前那隻太悶了，很難玩。」

「又不是在選寵物！」

翡翠站在距理昂五步的距離，拿著裝有藥丸的拉鍊袋，對著理昂晃了晃，「需要醒酒藥嗎?五塊美金。」

理昂一大步跨向翡翠，握住那拎著藥包的手。

「不要再執著於金錢了，來享受肉體與生俱來的快感吧。」他將對方的手拉向自己唇邊，輕啄了一下，「幻化多變的風精靈，是會像暴風一般狂野襲捲，還是會宛如春風，讓沐風者化成春雨綿綿？」

翡翠趕緊抽手，向後跳了好幾步，「要命！」

「靠！」福星忍不住拍桌起身，「這太糟糕了！」

「是啊！要死了要死了！」珠月不知道何時已將衛生紙搓成條狀塞到鼻孔裡，那副模樣和她清麗的外表實在不搭。

「珠月？妳流鼻血了？」

「看到這麼刺激的東西，我感覺渾身血液直衝腦門。」珠月將衛生紙塞回去鼻孔一些，然後帶著譴責的目光望向福星，「這麼有趣的事，你竟然隱瞞這麼久！」

「這並不有趣！」

理昂像鬼魂一般移動到珠月身旁，捧起珠月的臉輕聲呢喃，「珠月閣下，與其耽溺於觀賞男子與男子之間的戀情，不如身體力行地去體會男女歡愉之樂。」

「但、但是……」珠月的臉潮紅，顯得有些小鹿亂撞，「但是男男才是王道……」

理昂露出包容的笑顏，「如果您願意的話，我樂意當您的啟蒙者。」

珠月的臉整個爆紅，「這種事、這種事——怎麼可以——」

「輪不到你！」布拉德一把將珠月拉開，拉往自己身後。

「所以，你要當第一個嗎?布兒?」理昂靠向布拉德，以迅雷不及掩耳的速度擋開布拉德的防禦，將他逼向牆角，「多可愛的名字，布兒。喜歡我這樣叫你嗎?」

「我喜歡！」珠月舉手插嘴發表感言。「很棒！」

「誰告訴他的！」布拉德怒聲質問。理昂沒有同行前往加州，一定是同行者出賣了他！

「不好意思。」翡翠自首，「真的太有趣了，忍不住提起。」

「該死的風精靈——」

「理昂，你還好嗎?」妙春小心翼翼地上前詢問，嘴邊還留著聖代上的奶油。

理昂淺笑，伸手抹去妙春臉上的奶油，移到自己嘴邊，舔去。

「非常好。」聽不出來是在說自己、還是在說奶油，或者是在說妙春。「青嫩的果實雖不合時節不宜採摘，但澀口的味道有時也別具風味、令人著迷……」

「喂喂喂！」紅葉將妙春拉到身後，「你想犯罪嗎！」

理昂一手拉住紅葉，一手抓住閃避不及的丹絹，像是個傳道者一般高聲宣告——

「我親愛的伙伴們，今夜，讓我們在此重現縱欲歡愉的巴比倫城吧！」

「住口——」

「啊啊啊！」

「他幹嘛脫衣服？」

「我可以把他打昏嗎！」

「不行，理昂是無辜的！」福星立即否決。

「況且現在完全不能靠近他，」丹絹冒著冷汗剖析情勢，「會淪陷！淪陷到奇怪的世界裡！」

「什麼鬼東西？」

寢室裡一團混亂，一行人在六人房裡閃避奔躲。最後全部逃向門邊，一個接一個地溜離戰場，將門反鎖。

只留下福星，獨自面對亂源。

「喂！」福星拍著門板，「這樣太不夠義氣了吧！」

「你買的冰、你闖的禍，由你處理非常合理。」小花冷漠的聲音從門板另一端傳來，「況且你有經驗，交給你了。」

「喂！」

聽著遠去的腳步聲，福星知道自己完全被伙伴遺棄，獨自處理燙手山芋。

他戰戰兢兢地回頭，只見坐在沙發上的理昂，撐著頭，眼眸半閉，看起來處於入睡邊緣。

「理昂？」福星小聲叫喚。

「嗯？」

「你……還好嗎？」

「不太好。」理昂深呼吸，緩緩吐出一口長氣，「頭很痛……」

「你清醒了？」

「或許。」理昂抬頭，臉色非常差，「剛才這樣一鬧，意識有點恢復……」

「這樣喔。」福星稍微鬆口氣，走向理昂，「抱歉，我沒注意到冰淇淋裡有酒。」

「沒關係，這是我的問題，是我大意了。」

「抱歉，真的很抱歉，害得你的祕密被大家知道。」

「……是他們的話，無所謂。」理昂仰頭靠在沙發邊緣，看著天花板，「反正遲早會被發現的。」

理昂的坦率，讓福星感到自責又愧疚，「你不在意嗎？」

「如果因此被討厭的話，算我認清一個人，也是件好事。」因為酒精的緣故，讓理昂變得比平常健談。

「不會討厭啦……大家只是有點驚訝，稍微被震撼到吧。」福星乾笑了兩聲。

「所以，你比較喜歡我剛才那個樣子？」理昂忽地低頭望向福星，微笑，柔聲詢問。

福星連退三步，「不不不!別!這樣就好!」

「真可惜。」理昂背靠著沙發，仰首閉目，調整呼吸。

片刻，見理昂不發一語，福星好奇地走近，小心地開口輕問，「你睡著了嗎？」

「還沒。」理昂低吟，「頭很痛。」

「抱歉喔……」

「沒關係。」理昂抬眼對著福星淺笑，接著闔上，「不知道為什麼，和你混在一起之後，有很多事都開始變得無所謂，但有很多事卻莫名其妙地開始在意……」

「比方說？」

「你，你們。」

「啊？」

「以往我只在意和自身有關的事。家族、莉雅，然後是復仇。」理昂的語氣轉為平淡冰冷，彷彿回復成平時的樣子，「那樣的生活非常單純，活著的目的簡單明瞭，只要把他人期望的事完成就夠了，不必費心去思索太多東西。」

「那樣……不太好吧？」為了他人而活，那麼自身的存在意義呢？

「或許。但也沒什麼不好，至少族裡的人都很滿意。」理昂的聲音轉為不確定的猶豫，「就像西薇雅說的，進入夏洛姆之後，我變了，變得像個『人』。」

他開始在意原先他不會在意的人，開始擔心原先完全不會在乎的事，開始守護原先他完全不會注意到的東西。

「不好嗎？」福星反問。

理昂遲疑了片刻，「我不知道。」

以前的他，不必去思索這種莫名其妙又弔詭的問題。

改變的不只他，還有福星周遭的人。

每個人都在改變。

理昂不再開口。屋裡陷入沉靜，只聽得見規律的呼吸聲，以及時鐘秒針運行的聲響。

「那個……」福星打破尷尬的沉默，小小聲地開口，「雖然不知道這些改變是好或不好，但是我喜歡現在的大家、喜歡夏洛姆的一切。」

「那就繼續保持吧……」

理昂撐起一抹微笑，接著不語。許久，不再發言。

福星走向理昂，在他耳邊輕喚了聲。沒有回應。酒醉的闇血族，折騰了一夜，沉入安眠。

福星鬆了口氣。

躲在門外偷聽的眾人，同時也鬆了口氣。

「看來是沒事了。」小花將貼在門板上的耳朵移開。

「他頗感性的嘛。」紅葉笑著開口，有點不好意思，「真想不到理昂也有坦率的一面……」

「福星也是。一樣蠢，一樣天真。」子夜靠著牆，開口，「現在還有必要告訴他修學旅行的事嗎？」

眾人沉默不語。

傍晚在酒莊面對福星的困惑，當時本來想直接告訴他答案。但是……

「聽說今天晚上在波爾多南方，第十一小隊遇到白三角。」小花分享著第一手情報，「他們順利完成了『那個任務』。」

「西行隊裡有人在第一日已經完成『那個』了。」布拉德正色開口，「如果就這方面來看，我們的進度算是完全落後。」

紅葉輕笑，「全心全意當這是畢業旅行在玩的，恐怕只有我們這組吧……」

「巴黎已經陷入深紅警戒，白三角的密集度提升許多，避開來是正確的。至於義大利，我看就直接略過比較妥當。」翡翠點著 iPhone 上的電子地圖，規劃路線。

「那麼接下來就以逆時針方式繞歐陸西半部一圈，先前往德國斯圖加特，接著是奧地利維也納、俄國聖彼得堡、北歐三國的挪威、瑞典、芬蘭首都，最後到比利時，然後在截止日前往英國格林威治，這條路線比較安全。有意見嗎？」

眾人不語，一同通過提案。

「讓福星過得開心點吧。」珠月垂眸輕語，「無憂無慮又有點傻的福星才是福星，他不需要知道這些事。」

福星，保有你的單純和天真，照亮被黑暗與血沾汙的我們。

導引手冊最終頁，被劃開的三角形在月光下殷紅如血，暗示著隱藏在修學旅行之後，深沉血腥的一面。

Chapter07

昔日的對手是今日的飯票

SHALOM ACADEMY

告別法國酒鄉，直飛德國，汽車之都，斯圖加特行政區。

「『西。美麗處子國王之殿。』——就是路德維希堡。」珠月興奮地解釋，「聽說路德維希王外貌非常俊美，並且一生未娶，維持純淨的處子之身。說不定純淨只是假象，不娶女人的原因，是因為只愛男人吧！」

感覺自從秋葉原之旅後，珠月整個解禁，說話越來越直接。坦白是件好事，但有時還真是挺讓人不好意思的。

「這樣喔……」福星對處男不是很感興趣。

「專心聽喔。」紅葉湊在福星耳邊低語，「說不定你以後也會變成這樣。」

「我才不要當一輩子處男咧！」

紅葉嗤嗤賊笑，「我是說，變成像路德維希王一樣有才幹的人。」

翡翠挑眉，「你還是處男嗎？」

「要你管！」福星接著立即很生硬地轉移話題，「理昂，你的老家在這附近，對吧？」

理昂應了聲，但不免好奇，「你怎麼知道？」

「我是你室友呀。上回填寫住宿資料，我有看到你的簡檔，我還知道你生日是十一月三日。」福星得意地開口，「哼哼，不要以為只有你會偷看別人資料！」

翡翠一聽見理昂老家在這裡，眼睛一亮，立即撥起心中算盤，「既然理昂的老家在這裡，我個人覺得，為了——」

「可以。」不等翡翠說完，理昂直接回答。

翡翠頓了頓，「我還沒說完。」

「不就是要求我免費提供住宿。」理昂沒好氣地開口，「走吧，接我們的車已經到了。」

在伙伴開口提出要求之前，他已預想到，在抵達目的地前安排好了一切。

步出機場大門，黑色加長型禮車停駐在外。穿著深色燕尾服西裝的中年男子佇立車旁，見到理昂出現，立即躬身致敬。

「夜安，理昂少爺。」語畢，中年男子在理昂靠近時，分微不差地將車門開啟。

「夜安，羅倫佐。」理昂逕自坐入車中。

其餘的人站在距車兩公尺處，瞠目結舌，不敢妄動。

他們知道夏格維斯家是望族，但沒想到居然會是這種等級。

這種禮車，福星只在電影中看過。

羅倫佐拉開另一扇車門，「少爺的朋友們，請上車吧。」

眾人互看了一眼，不以為然地行動。

「好漂亮的車。」紅葉不客氣地打量著米白色真皮內部車廂。

「理昂，沒想到你……」翡翠眼底亮著精光，一臉諂媚地開口，「那個，你有沒有興——」

「沒興趣。」不等對方說完，理昂直接回絕。

「呃，你至少聽完再決定吧。」

「不合股經營任何公司，不投資任何所謂『零風險』的股票，不幫忙推銷詭異商品給家族中人。你還有要補充的嗎？」

翡翠愣愣。其他人邊笑邊對理昂投以讚賞目光。

「有……」翡翠悻悻然低語，「至少申請張白金會員卡吧……」

「不必。」

福星坐在車中，盯著外頭來來往往的人。禮車行經之處，路人們紛紛對這誇張富麗的禮車回首投以注目禮。

「這裡有冰箱耶！」小花興奮地發表自己的新發現，「我可以打開嗎？」

「這車是加長型的悍馬H6對吧。」丹絹一副內行人的模樣開口品評，「嗯，聽這飽滿渾厚的引擎聲……」

「不好意思，那是冰箱運作的聲音。」羅倫佐微笑著更正。

「呃嗯。我指的是外頭的引擎聲，方才有臺不錯的車開過。」丹絹硬拗。

「無意冒犯了真是抱歉。」羅倫佐依舊紳士地致歉。

福星等人抱著肚子縮在一旁偷笑。

「好久沒看見加長型的車了。」小花輕撫著座椅柔軟的皮面，「上次見到，是四十年前村中鄉紳的喪禮。林肯黑色加長禮車，載著那地主老頭的檜木棺材。」

車中人的臉色一僵，感覺有點尷尬。

「呃嗯，我以為特殊生命體都很低調。」珠月笑著化解僵局，「這樣的車，真的很搶眼。」

理昂輕嘆，對著前座的司機低語，「羅倫佐，我說過沒必要搞成這樣。」

「少爺難得回來，還帶著朋友，當然要隆重些。」

理昂無奈地看了忠僕一眼，「下回注意。」

上了高速公路，下交流道約莫一個多小時後，逐漸遠離都市，來到郊區。黃銅鏤花電動鐵門向兩側打開，長車駛入，穿越擁有整齊花圃和草丘的前院，進入有如古堡的建築下方停車場。

理昂家的莊園很大，簡直像座小型宮殿。數代以來傳承的莊園，留下各種不同風格的擺設與裝潢。

「諸位的房間已安排好了。」羅倫佐輕輕擊掌，大廳裡在一旁待命的女僕立即向前，拎起福星一行人的行李，「女僕們會引導諸位入房。」

福星興奮地瞪著女僕，嘴角忍不住漾起笑容。

女僕！是真的女僕耶！

「啪！」

後腦勺被敲了一記。回首，只見翡翠沒好氣地拿著做為凶器的相機包。

「收斂點，你剛剛的表情足以妨害風化。」

「哪有！」福星反駁。

理昂家很大，很豪華，從廳堂到走道，無不充斥著貴族的冷調奢華。

羅倫佐安排的房間在同一條走廊上，一人一間，房門兩兩相對，嚴謹、規律，並且給人一種莫名的疏離感。

「那個……」福星隨著女僕進入房中，忍不住開口，「請問，理昂在哪裡？」

女僕冰冷地瞥向福星，以德語簡短地回了一句，然後調頭就走。

搞什麼，傲嬌也不是這樣的吧……

福星蹲在房裡，整理著行李。過沒多久，門扉傳來禮貌的輕敲聲。

推著餐車的女僕逕自入內，走向屋角的長桌，擺放起精緻的餐點。

「呃，好棒的客房服務。」福星走向長桌，「那個，請問現在是用餐時間嗎？我可以吃嗎？大家不一起吃飯嗎？」

女僕置若罔聞，繼續著自己的動作。

是聽不見嗎？嗯，他聽說有些企業出於慈善之心，會特意僱用身心障礙者。莫非理昂家也是如此？

「那個……」福星伸手，準備輕拍對方的肩。但指尖才輕擦到衣服邊緣，對方立即閃身，避開觸碰。

女僕低吟了一聲。雖然福星聽不懂對方的語言，但從她的語調和眼神，感覺得出濃濃的敵意。

「抱歉，我沒有惡意。」福星雙手舉在胸前，向後退，表示自己無害。「造成妳的困擾真的很抱歉……」

「不用道歉。」不知道何時出現的布拉德，雙手環胸，靠在門邊，「她剛才說的是『下賤的劣等種』。」

布拉德挑釁地瞪了女僕一眼，以德語回應了一句。

女僕皺起眉，臉色極臭。原本是個長相清秀的美少女，臉臭起來竟然能和擁擠公車裡的暗屁一樣令人厭惡。

女僕再度開口，布拉德立即回應。接著，前者不語，惡狠狠地瞪了房裡的兩人，推車憤步踏出房間。

「你們剛才……說了些什麼？」福星相當好奇。

「我說她沒教養，她罵我狗雜碎。」布拉德懶懶地摳了摳耳朵，「我說她做奴才做不好，丟盡了主人的臉，稱呼她為狗的話被汙辱的是狗。」

福星眨了眨眼，「沒想到你會罵女生。」然後突然想起一件事，「她好像是負責送餐的，你人在這裡，難道不擔心她在飯裡動手腳？」

「我的房間是前一間，已經放完餐了。」布拉德輕笑，走向鋪著紫絲絨床罩的大床，坐下，「況且，嚴格來講，她們已經動手腳了。」

從那盤放著巨大龍蝦頭的海鮮拼盤，他感受到了濃濃的敵意。

「呃嗯……我們是不是不被歡迎啊？」

「你瞎了嗎？這還要問？」

「理昂呢？」

「被羅倫佐帶走了，聽說是有什麼重要的事，元老院有事情交代之類的。」布拉德沒好氣地冷哼，「應該只是藉口。」

「理昂應該不會是刻意疏離我們吧？」

「他不是，他的下屬是。」

屋裡上上下下，全都不歡迎他們的到來。

就連始終掛著謙恭微笑的羅倫佐，笑彎的眼底也藏著輕蔑和敵意。

福星站在長桌前，不發一語。

「我們是不是給理昂添麻煩了……」

「或許吧。但他本人可能沒感覺到。」布拉德起身，走向放著餐盤的長桌，「唷，他們給你準備的是栗子烤雞呢。」隨手擰下雞腿，豪邁丟入嘴中，「味道不錯。」

看著痛快咀嚼珍饈的布拉德，福星忍不住感嘆，「你還真帶種。」

對方都展現敵意了，還能這麼從容。哪像他，完全食不下嚥。

「真正帶種的是理昂，敢直接將狼族帶進本家。」

等於是將敵人帶入屋中，還設宴招待。這樣的舉動若傳到闇血族元老院耳裡，對理昂的名聲不利。

「闇血族和獸族……關係真的這麼惡劣？」

「嗯。」

「為什麼？」

「不知道。很久以前，從有歷史記載之時，獸族和闇血族就已經是對立的了。」

「你不好奇？」

「能傳承這麼久，應該有它的道理和原因。獸族小孩和闇血族小孩從小就被教導彼此仇視，歷來如此。就像人類會教導他們的孩子要有公德心、要孝順父母一樣。多探究只會造成自己的困擾，對情況也不會有什麼改變。」

布拉德說得理所當然，福星卻覺得狗屁不通，但一時間又不想和他爭論這些。

「那，為什麼理昂不去你家，你卻敢過來？」

「這個嘛。和種族個性有關。」布拉德扭下另一隻雞腿，邊啃邊開口，「獸族通常比較直來直往，簡單來說就是比較衝。理昂出現在我家的話，可能還不等我解釋，我家那群剽悍的婆娘就揣著刀槍出來打人了；相對的，闇血族或許是自我感覺良好，總是覺得自己高人一等，寧可在暗地裡搞小動作，也不會直接大剌剌地引起衝突。」

「你不擔心他們在飯裡下毒？」

「放心。闇血族對主子很忠誠，這點和獸族一樣。主子吩咐的事，即使心有不服，也會去執行。既然被吩咐要好好招待客人，就必須確實執行。頂多惡整人一頓，但還不至於敢玩出人命。」

布拉德看了看失去雙足的烤全雞，評估了一陣，接著直接將剩餘的整隻雞揪起，大啖一番。

「喂！那是我的晚餐！」

「我那份給你。」

「喔。」福星坐著，看著布拉德以極高的效率一口一口地將烤雞啃到只剩骨頭，「你知道理昂在哪裡嗎？」

「不知道，這又不是我家。」

「喔……」福星低下頭。

布拉德在屋裡混了一下，吃完餐點後就回自己房間。

晚些時候紅葉提議去市區逛街，羅倫佐原本願意擔任司機，但被大伙婉拒。他們借了臺普通的車，一行人自行開車前往。

除了理昂。一回家就被召離的理昂，無法同行。

外出返回後已是深夜，福星待在自己房裡百般無聊，睡不著覺。躺在寬敞柔軟的床上，張望著空蕩的房間，孤獨感油然而生。

回到理昂的老家之後，反而見不到理昂。明明在同一個地方，卻無法一起行動，感覺很奇怪。

他在床上輾轉反側了一番，最後下定決心，起身，開門，悄聲離開房間。

夜襲時間到了！

夏格維斯莊園三樓右翼，靠後山的房間，是下任族長理昂的書房兼寢室。凌晨時分，厚重刻花的檜木門傳來一陣微弱的敲擊聲。

坐在大落地窗邊，沉浸在閱讀之中的理昂挑眉。這樣的敲門方式，感覺不像是受過訓練的莊裡人。

「進來。」

停頓了一秒，門扉緩緩展開。出現在門後的，是他看了兩年、熟悉又令人心安的傻笑。

「嘿嘿，理昂，是我啦。」福星笑著抓了抓後腦勺，「不好意思打擾啦！」

理昂微愣，「有事？」

凌晨三點，印象中，通常是福星睡死的時間。雖然同是夜行生物，但福星的作息卻不太一樣。

「沒啦沒啦。」福星闔上門，走入房內，「剛剛肚子有點餓，出來找東西吃。然後想順便來看看你，因為回來之後，你都在忙……」

理昂輕嘆了一聲，「元老院召見，我一踏入家門就立即前往長老之一的住所。」

聽著老掉牙的訓話，重複著殷切的期望。和以往不同的是，這次多了點責備。

為了他帶回的朋友的事。獸族人出現在夏格維斯大宅，這件事讓長老們非常不能苟同，整張臉因憤怒而扭曲。

理昂輕笑。見長老氣成那樣，老實說，挺過癮。

「好辛苦喔……」福星走向理昂，同時打量著整個房間。

內部被挑高的房間，豎立著兩面以書櫃構成的巨大書牆，第三面是落地窗，正對著莊園後山的池塘和山景。房裡的擺設非常精簡，沒有太多裝飾。陳放的家具線條俐落流暢，以上好木頭和皮革為材質，散發著低調內斂的奢華尊貴，就如同理昂給人的感覺。

而理昂坐在窗邊的長椅上，閒適地疊著腳，閱讀著書，如同他平時在寢室裡休息時一樣。

「話說，你怎麼知道我房間的位置？」理昂問道。福星不懂德語，他也不認為屋裡那些對外人總是冷漠的闇血族們會願意透露。

福星得意地笑著，「哼哼，靠著我的睿智和聰慧。」

「我不知道你有那種東西。」理昂輕聲開口。

「喂！說什麼話啊！」福星立即反駁，接著悻悻然地開口解釋，「你喜歡坐在窗邊看書，所以我就跑到屋外去看，看哪一間房間的窗戶最大片，哪一扇窗戶旁有你的身影，就找到啦。」他哼哼一笑，「佩服我吧。」

聽完福星的解釋，理昂詫異挑眉。

他很訝異福星竟然能做出這樣的推論，訝異福星竟然記得他的習慣，訝異福星為了找他獨自在屋外繞了一大圈。

福星繼續開口，「不過，你家內部太大了，又曲折離奇，我剛走進來還稍微迷路了一下，跑到了一個好像儲放食物的地方。」他從口袋撈出一個裝滿堅果的袋子，賊賊一笑，「不好意思，順手拿了點東西當宵夜。」

「你越來越像洛柯羅了。」

「說到洛柯羅，還沒有他的消息嗎？」

「嗯。」

「不知道他到底去哪裡了。」打手機都不接，只有收到一則「我快過去了」的簡短訊息。

理昂繼續看著自己的書，一邊回應著福星的話，「每個人都有各自的隱私和祕密，如果對方不想講的話，追究只會造成他人的困擾。」

「說的也是。」福星看著滿牆的書，讚嘆，「好多書喔，為什麼你這麼愛讀書啊？」

「無意養成的習慣。」理昂輕聲低語，「為了把內容說給別人聽……」

福星看著理昂，略微猶豫地開口，「是……莉雅嗎？」

理昂沉默不語。當福星以為對方不打算回答時，理昂忽地開口。

「莉雅喜歡看書，但沒耐性把整本書看完，常常看了一半就把書扔給我，要我讀完，告訴她後來的發展。」

「哈哈，還有這樣的喔！」福星臉上在笑，但心裡卻相當激動訝異。

理昂很少願意主動說起過去的事，莉雅是理昂心中的一個傷口。

「莉雅她有她獨特的任性，卻非常令人憐愛……」理昂嘴角微微揚起，似乎想到美好的回憶。

然而，回想起過去的美好，面對眼前的失落時會更加痛苦。

「有她的照片嗎？」

理昂望向壁爐，福星隨著目光走去，看見上頭放了一幀黑白照片。

畫面中央是穿著禮服的理昂，看起來和現在的外貌差不多，但多了一些青澀，臉上還掛著明顯的笑容。在理昂身旁的是一名穿著維多利亞風格洋裝的黑髮少女，和理昂有著幾分神似的容顏，漾著燦爛天真的笑靨。

「很漂亮，很可愛。」有這樣的妹妹真的很幸福，「只有這張？」

「其他的收起來了。」嘴角的微笑消失，轉為冰冷與肅殺。

莉雅被襲擊之後，他把掛在屋子裡的相片全部收起。

他無顏見莉雅，他沒盡到兄長的責任、沒守護好他摯愛的妹妹。

他也不忍見莉雅，那在鏡頭前總是笑得如此開懷的莉雅，已經不在，他再也看不見那樣的笑容。

「理昂……」福星不知道該說什麼。

說不出安慰的話語，也說不出鼓勵的話語，因為他不是當事者，說再多，也只是乍聽之下中肯動人的風涼話，誰也無法真正理解那切心的傷痛。

福星走向理昂，眼中充滿不忍。他伸手，輕輕搭上理昂的肩。

出乎意料的，對方並沒有排斥。

「那就繼續想念她吧，要報仇就去報吧，」福星認真地開口，「可是，一定要努力活著。」

「為什麼？」如果能為莉雅報仇，犧牲自己的性命也是值得。

「你如果消失了，大家會很傷心。」福星的表情非常沉重，「我會很難過，非常非常難過。」

「呵……」難得的，理昂發出了一聲輕笑，「傻瓜。」

「我不想分開……」不想和大家分開，不想畢業。

「人總是要分離的，即使不是現在。」

「我不要……」

「別任性。」

「那你讀書給我聽。」福星低語，像是受挫的孩子在胡鬧。

「你並不是莉雅。」

「噢好吧，那我會很吵。」

理昂看著福星，看見對方眼中的認真，輕嘆了一聲，做出他兩年來學會、並且越來越擅長的一件事——妥協。

具有磁性的嗓音響起，以平板卻輕柔的語調複誦著書中的內容。

福星坐在長椅的另一側，靜靜地聽著。

屋內，彷彿重回了當年的情景，莉雅還在時的樣子。

厚重的門板外，修長的身影佇立。

從福星進屋之後，羅倫佐就跟蹤著他，一直到此刻。房裡的對話盡收耳底，讓資深管家深深皺起眉頭。

聽見屋裡閱讀聲漸弱，羅倫佐輕步離去，來到二樓的臥房，拎起電話。

「是我。夏格維斯家的羅倫佐。」羅倫佐長嘆了一聲，「西薇雅小姐，您之前說的話，我相信了。這確實不妥……」

話筒另一端傳來了一陣話語。

羅倫佐露出贊同的神色，「先別打草驚蛇，等他離開路德維希堡再動手。」

在夏格維斯宅邸住了兩天，從斯圖加特和鄰近城市裡搜集到了不少印花。接下來前往奧地利，音樂之都維也納。

西。多瑙河女神。美麗之泉。眾獸之籠。

在維也納機場大廳，眾人和睽違四日的洛柯羅相會。

一見到福星，洛柯羅立即熱情奔去，「哈，有沒有想我呀？有沒有帶點心呀？」

「有啦有啦。」福星像盡職的飼主，從背包裡拿出在德國買的巧克力遞給洛柯羅。

「謝謝！」

「你這幾天去哪裡啦？」

「去探親呀。看姐姐。」洛柯羅邊嚼著巧克力邊回應。

「你有姐姐喔？」

「有呀，之前和你說過的，那個很漂亮溫柔的大姐姐。你和翡翠看過她的外表呀。」

福星和翡翠相望了一眼，一頭霧水。

「就是一年級在男子澡堂裡、還有寒川房間裡的那個。」

經過提示，回憶浮現。擁有淡白髮絲的美麗女子影像模模糊糊地從記憶裡浮現。

「所以你的意思是，你施幻形咒變出來的外表是你姐姐的外貌？」翡翠試著將洛柯羅的話用常人比較能理解的言語重述。

「那不是幻形咒啦。」洛柯羅繼續吃著巧克力，不打算多作說明。

福星本有很多事想追問，但想起理昂說過的話，便不再打探。

既然洛柯羅不打算講，那還是別逼問吧。

搭上公車，自認為知識家兼活體導覽機的丹絹立即自動開口解說。

「多瑙河女神就是奧地利首都維也納。美麗之泉，是指神聖羅馬帝國皇帝馬蒂亞斯所建的美泉宮。」顯而易見。

「那眾獸之籠呢？」

「眾受之籠?!」珠月似乎聽見了其他人無法理解的關鍵字，整個人很興奮地竊笑，在小花耳邊嘰嘰咕咕，小花跟著露出輕笑。

「我也要聽！」妙春湊過去。

「妙春！」

福星看著不斷賊笑的珠月和小花，心裡困惑。到底是在說什麼啊……

「眾獸之籠就是美泉宮裡的維也納動物園。」翡翠補充，然後被丹絹瞪了一眼，彷彿責怪對方不該擅自搶了解說員的職務。

「怎麼會把動物園蓋在這裡啊？不是都該蓋後宮的嗎？」

「搞不好這就是某種變相的後宮。」小花認真地開口，「說不定皇帝的口味很重，人類已經滿足不了他，於是——」

「喂！妳少胡說八道！」

丹絹繼續開口，「維也納動物園是歐洲最古老的動物園之一，是一七五二年由愛好自然科學的弗朗茨一世所建造。說穿了也是因為大權旁落，為了打發時間才來搞這些東西。」

下了車，步行幾分鐘，巨大豪華的巴洛克風格建築展現眼前，即便在夜晚中，也隱藏不了那富麗堂皇的貴氣。美泉宮處處可見老鷹的圖騰，比方說宮殿最高點的拱門上，這是哈布斯堡王朝的象徵。

照著美泉宮平面導覽地圖，眾人找到了動物園的所在地。

「接下來呢？」

「看到旁邊畫的熊貓了嗎？」珠月指了指手冊。

維也納動物園內部寬敞，物種繁多。夜裡，大多數的動物都已入眠，但當福星一行人經過時，全都警醒，充滿戒備地盯著他們通過。

動物的本能，讓牠們感覺到具有高危險性的強者出現。

熊貓區的駐守員是名牛頭人。一樣沒太多刁難，直接在本子上留下印花。

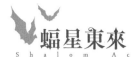

「維也納這區很熱門喔，連我都忍不住參與其中，趁著空檔去激戰了一番。」牛頭人有意無意地露出自己手臂上的傷，「好好打一場光榮之戰吧。」

福星不懂對方說的是什麼意思，「光榮之戰？」那是什麼東西？除了蓋印花和簽到，難道還有別的任務？

「我想去舊城區附近的瑪麗亞希爾費大街！」紅葉忽地揚聲開口，並勾起福星的手臂，有如女王一般下令，「一起去，幫我提東西。」

「喔，好啊。」福星傻傻答應。逛街時充當挑夫，這工作他可是訓練有素，從小陪琳琳逛街，早已習慣。

福星這麼輕易地答應，讓紅葉有些驚訝。她勾起笑容將對方摟入自己的懷中，「福星人真好！很乖很乖！」

「紅葉，別這樣啦……」福星不好意思地掙開紅葉的擁抱，「我好歹是個男人耶……」

「噢，我們的小福星長大了，變成紳士了。」

「他竟然自稱是男人。」丹絹輕笑。

「是啊，明明就還是幼童尺寸。」翡翠跟著放箭。

「夠了！閉嘴啦！」

被這麼一亂，福星忘了剛才要問的話，一行人吵吵鬧鬧地離開了維也納動物園。

位於舊城區和西火車站之間的瑪麗亞希爾費大街，是維也納最繁華熱鬧的心臟地帶。琳瑯滿目的商店，從名牌服飾，到生活用品、頂級餐廳、速食店，應有盡有。

下了車，踏上那裡的街道不到十步，福星等人目光立即被某樣事物吸引。不是具有特色的商店，也不是華美的街景，而是——

「呃！是你們？」

「凱爾、穆斯塔！」

「賀福星！」對方認出來者，「還有夏格維斯！」

南校的人馬也來到了維也納，並且與福星等人意外地在街頭巧遇。

六人之中有四人是熟面孔——闇血族的凱爾、穆斯塔，炎狐白泉，此外，還有個出人意料的成員。

以薩．涅瓦也在其中。

看來學園祭之後，穆斯塔和凱爾終於說服了他。

「你們之前是往哪走？」丹絹詢問，試圖打探情報。

「我們是西行組，一開始就直攻歐洲地帶，」凱爾回應，「第一站從莫斯科開始，接著往北歐的芬蘭和瑞典，最後南下到奧地利。接下來打算往德法前進，順路前往終點站的倫敦。」

「你們集滿印花了嗎？」福星好奇地詢問。

「沒。」穆斯塔不以為然地開口，「是有幾站順路，剛好又是老朋友駐守，蓋了幾個章。」

白泉翻開手冊，算了算，「有八個了呢。」從他的語氣聽來，似乎覺得八個已經很多了。

「但是，只剩下不到十天了，你們跑得完三十三個簽到點嗎？」福星困惑，不懂對方的從容從何而來。

「我們本來就不打算靠那個完成任務。倒是你們，收集了幾個？」

「幾個什麼？印花嗎？」剛才不是就在討論同一件事，為什麼又重問？

「不是說印花——」

「二十五個了。」丹絹順勢開口，「我們收集了二十五個印花，還差八個。」

福星一頭霧水，總覺得自己好像有什麼事被隱瞞。

「福星你看那邊有賣鬆餅的店！我們去買！」紅葉勾起福星的手，在對方還來不及反應之前，將人拉離現場。

「我也要去！」一聽見食物，洛柯羅馬上像金魚糞一樣黏在福星身後，尾隨離去。

換成南校的人馬一頭霧水。

「可以解釋一下這是什麼狀況嗎？」白泉不可置信地開口，「所以你們真的專心去收集印花？」

「干你屁事。」布拉德瞪了白泉一眼。

「夏格維斯家的族長、擁有混沌之力的變異體、上級炎狐、風精靈、獸族、初代貓妖——這樣的陣容，竟然去搜集印花？」南校的同行者，也是闇血族的金髮男子發出惋惜的怪叫。

「太浪費了吧！」

「大部分的學員都以最後一頁的特別任務為目標，專心進行狩獵。只有少數弱小的族類才去執行那無聊可笑的集點遊戲。」穆斯塔冷笑，「夏格維斯，你真的墮落了。」

「別在福星面前提起那個任務。」理昂冷冷開口。

「為什麼？」

「他不知道那個任務是什麼。」

「我們也不打算讓他知道。」子夜補充。

南校的人馬再度愣愣，接著發出誇張的笑聲。只有以薩沉著臉，似乎能理解理昂等人的用心。

「真是太莫名其妙、太難以理解了。」凱爾舉起手，露出了投降的表情，「之前就覺得北校的傢伙很怪，沒想到怪到這種程度。」

「而你曾經敗在這些怪胎的手下。」小花嗤笑。

凱爾怒視小花，向前一步，喉嚨發出威脅性的低吟。

「別這樣，凱爾。」以薩輕聲制止，「大家都是同一陣營的，沒必要對立。」

凱爾悻悻然地瞪了小花一眼，收起充滿敵意的眼神，退回原本的位置。

簡單的互動，透露出了以薩是這團隊的領導者。

「您要求的事，我們會注意的。」以薩看了身後的隊員們一眼，對方表情雖不願，但也都點頭表示願意配合。「那麼，既然有緣相遇，是否能一起共進晚餐？街角有間米其林四星餐廳，凱爾是那裡的股東。」

翡翠率先開口，「所以，現在是你邀請我們的意思？」

「是的。」以薩頓了頓，「呃，當然，是由我方支付費用。」

「那就不好意思讓您破費啦！」翡翠開心地笑著，一點也看不出不好意思。

福星等人抱著鬆餅回來之後，眾人移動至凱爾所經營的餐廳。

「雷克雅未克好玩嗎？」福星好奇發問，「你們參觀了哪些景點呀？」

「呃……還不賴。」凱爾支吾以對。因為他們根本不是以遊玩為目的，到達定點完成任務後就直接前往下一個地區。

「有買什麼名產嗎？」洛柯羅跟著發問，「有吃的嗎？」

「沒有。」穆斯塔冷臉回應，「沒什麼好買的。」

「是喔。」

另外兩名闇血族成員一直以好奇又怪異的目光打量著福星，一語不發，讓福星感到有點不自在。

白泉的目光一直釘在紅葉身上。他試著與紅葉對話，但簡單客套的寒暄完之後，便不了了之。

頎長的背影，看起來有些沮喪。

凱爾投資的餐館在街角不起眼的地方，門面也不是非常華麗。但推開深色玻璃門扉，裡頭以黑色亮面石材構成的空間，在光影的照耀下反射出燦目的光華。

餐館裡是一間一間的包廂，每組客人都必須事先預約，並且留下真名。一方面是因為採精緻化經營，專收想擁有私人空間的名流政客；另一方面，也是藉此過濾客源，偵查是否有白三角的成員混入。

米其林四星級法式餐點，不只味覺，連視覺也兼顧，帶給老饕多方面的感官享受。

從沒吃過這麼高級的東西，福星和洛柯羅一進入餐廳就切換成狂飆模式，當餐點送上時低頭以光速秒殺掉盤中物，並且不斷追加。

趁著福星專注進食的時間，以薩輕拍了理昂，以眼神示意。

「恕我失陪一會兒。」以薩起身離開包廂。

收到暗示的理昂，片刻後起身，和以薩一前一後地走出。

隨著以薩的背影，理昂來到走道底端的洗手間內。

以薩看著理昂，深吸一口氣，像是自白一般地開口，「我回匈牙利繼承克斯特家族了。」

「你已經決定曝光自己的身分了？」

「是的。罪孽之女，麗．克斯特夫人的直系後裔，以薩．克斯特．涅瓦。」以薩歉疚地看著理昂，「抱歉，之前為了隱藏身分，讓夏格維斯家費了不少心力，現在卻主動昭示於人。」

「無所謂。」理昂回應得相當淡然，「你的決定，我無權干涉。」

「另外……」以薩停頓了一秒，「我接下了東歐北歐眾家族的總領位置。」

東、北歐一帶的闇血族家族勢力比較分散，各自獨立，現在決定聯合，並推舉出總領，和西歐、南歐眾家族儼然有互相抗衡的意味。

夏格維斯家獨大的局勢，已經改變。

理昂沉默了片刻，「恭喜。」

「白三角給我們造成的傷害越來越嚴重，聽說平民裡有不少志願者加入，這不只對闇血族，對特殊生命體的處境也相當不利。」以薩苦笑，「在這樣的情勢下，會團結起來，並推出領導者也在所難免……」

「我明白。」理昂依舊淡然。

以薩看著理昂，看不出對方的思緒，長嘆了一聲。

「夏格維斯家……最近傳出了些不好的風聲。」以薩小心地開口，「或許您該有些表現……」

理昂聽出以薩的言下之意，「至少不是現在。」

「我能瞭解您的想法。」福星的單純天真，帶給周遭的人活力與希望，任誰都想守護那樣的純真。「但你無法保護他一輩子，對這個世界無知只會害了他。」

「或許吧。」理昂不打算多言，「謝謝你的招待與忠告。」語畢，轉身離去。

雖然表面上無動於衷、毫無反應，但以薩的話語在理昂的心中掀起漣漪，造成了混亂。

以薩雙手撐著洗手檯，低頭長嘆。抬起頭，被赫然出現在鏡中的第三者嚇了一跳。

「呃！」

「晚安。」不知何時出現的小花，坐在放下的馬桶蓋上，下巴靠在曲起的膝蓋上，從開著的門扉後輕輕地對以薩揮揮手。

「呃！妳、妳……」面對理昂時沉著冷靜的以薩，頓時陷入莫名的慌亂之中，「妳怎麼會在這……」聲音細小，宛如從喉底擠出。

「好奇。」小花跳下馬桶。「你和理昂一起離開包廂，讓某個女人的妄想大暴走。為了讓同桌人能有個正常的用餐氣氛，我被派來當偵查兵。」

……

話說，大約十分鐘前。

理昂尾隨著以薩離開包廂，眾人原本不以為意。但埋首在餐盤裡的福星，不知哪根筋不對，發覺兩人的離去，開口點燃導火線。

「理昂呢？嗯，以薩怎麼也不見了。」

「去洗手間吧。」翡翠隨口回應。

「一起去嗎？感情這麼好喔！」福星的這句蠢話，引爆了第一枚炸彈。

「一起！」珠月震了一下，小聲地喃喃低語，「廁所中的淫熱狂愛？洗手檯？還是狹窄的隔間中？」

「珠月，」小花輕咳，「自重。」

「可惡，要去廁所也不揪一下。」福星不滿地嘀咕，感覺像是被朋友排擠的高中女生一樣——引爆第二枚炸彈。

「三個人嗎?!」珠月的音量忽地提高，非常激動，「二攻一受嗎？還是出人意料的有一方強攻？曖昧的洗手乳和捲筒衛生紙，究竟能勾勒出什麼樣的欲望之殿——」

珠月像是恐怖電影裡的中邪少女，低聲吐出一連串難以理解的字串與話語，嘴角漾著詭異的笑容，不斷嘿嘿嘿發笑。

「珠月，自重。」小花再度輕咳。

「呃，她還好嗎……」凱爾忍不住開口。

「她很好，太好了。」小花沒好氣地嘆了口氣，起身，在珠月耳邊低語，「我帶相機過去幫妳看看。」貓妖擅於跟蹤隱匿，她可以在不被發現的狀況下潛入。

珠月回神，對小花投以感激的笑容，握著小花的手揉捏了好一陣，這幕讓布拉德看了竟有些羨慕。

……

這就是小花此刻出現在男廁的原因。

「本來以為可以拍到什麼精彩畫面。沒想到這麼沒搞頭。」小花長嘆，走向以薩，「這樣有點難和珠月交代，可以請你脫光衣服，用衛生紙裹住自己嗎？」

以薩節節後退，「怎麼可能……」

「或者擠一點洗手乳到臉上，露出陶醉的表情也可以。」小花停下腳步，「為什麼你要後退？」

以薩不語，眼神迴避。

「你和理昂講話時不是這樣，剛剛和大家互動時看起來也頗正常的。」小花勾起嘴角，故意向前一步，以薩立即退後。「是在怕什麼呢？」

「沒有……」

看著退怯惶恐的以薩，貓兒愛戲弄人的邪惡因子開始隱隱作祟。

「你討厭貓嗎？」小花向前一步。

以薩搖頭，退後一步。

「你討厭我嗎？」小花再向前一步。

以薩再度搖頭，跟著後退。

「那麼，你逃避的是什麼呢？」

以薩不語。

小花停頓了片刻，在以薩以為對方決定放棄時，忽地向前暴衝，將對方逼向牆角。

「現在，沒有退路了。」小花勾起不懷好意的笑容，「還是不打算說嗎？嗯？」雖然不知道以薩畏懼的是什麼，但必定和她有關。

「不行……」以薩輕喘著氣，「太糟糕了……」

小花舉起手，伸向以薩。

「不要碰我！」以薩揪住小花的手腕，猛地拉開。

突然施加在手上的力道，讓小花吃痛地皺起眉。「唔……」

以薩趕緊鬆手，像是在丟燙手山芋一般地將小花的手拋開。

「對不起……」他愧疚低頭，喃喃自語，「不可以靠近，會有危險……」

「誰有危險？」

「妳……」

小花挑眉，「為什麼？」

「因為我是麗．克斯特夫人的後裔，我的血液裡傳承著麗夫人殘酷嗜血的瘋狂基因……」

「喔，所以呢？我流著臺灣三花土貓的血，難道我的糞便裡也繼承了弓漿蟲？」小花沒好氣地開口。

以薩微笑，情緒穩定了一些，靠著牆，仔細地打量小花。

「妳……比較不像女生。這樣很好……」他稍微鬆了口氣，看起來回復了不少原有的冷靜。

小花瞪了以薩一眼，「你找碴嗎？」

「不是的，小花很可愛。」以薩認真地開口，「雖然是女生，卻非常強悍、非常堅強，像是鋼鐵打造的花，美麗又剛毅。」

被這樣率直地稱讚，小花一時間有點難以反應，輕咳了聲掩飾自己的不好意思，「姑且當這是稱讚。所以，你的血統和你的行為有什麼關係？」

以薩沉默了幾秒，像是下定決心一般，開口，「我怕會弄壞。」

「弄壞？什麼東西？」

「麗夫人的嗜血個性，真的會傳承，而我也確實繼承到了她的瘋狂與殘忍。」

「看不出來。」

「因為我很努力。」以薩嘆了口氣，「養育我的人為了壓制我與生俱來的狂暴因子，從小就對我施以最嚴格的道德教育。」

他每天必須讀經、禱告，必須坦白自己的所作所為，以及內心所有的思緒。一旦有不規矩的念頭出現，就必須跪在反省室懺悔，宛如嚴格的中世紀苦行僧。

「這樣的教育非常有效，我可以控制自己不被體內的原生衝動影響，同時也壓抑住了凌辱弱者的欲念……」

「弱者？」小花不以為然。

「教父教導我，女性大多是弱者、是最美最好的獵物。當年麗夫人也殘殺了許多少女，所以我被教導，不可以靠近女性，否則會遭受嚴厲的處罰，所以……」

「所以，你怕女人。」小花簡潔地下了結論。

多麼可怕的古典制約。相當有效。

以薩不語，默認。「很遜吧……」

「還好。」小花看著以薩，「每個人都有不為人知的一面。」

她想起一喝酒就會性格大變的理昂，忍不住竊笑。闇血族好像都有隱性格？

「謝謝妳的諒解。」

「看起來嚇死人的以薩竟然會怕女生。」小花竊笑，「你的祕密被我知道了，接下來的日子可能不好過喔。」

「但是妳也有祕密……」以薩小小聲地開口，「妳喜歡我們班的獸族，布拉德……」

小花挑眉，收起笑容，「誰告訴你的？」

「我猜的……」以薩看著小花，以帶著得意卻又不好意思的微笑，小聲回答，「共同課時我常觀察每個人，我發現妳總是故意坐在布拉德後方，假裝在看黑板，然後注視著他……」

小花微愕，投降輕笑，「你這變態。」偷偷觀察她竟然能不被她察覺，「你好樣的。」

以薩跟著微笑，手指伸到嘴前，「祕密，不可以說。」

小花跟著將手放到嘴前。

彼此擁有祕密的兩人，莫名地結成同盟。

SHALOM ACADEMY

Chapter08

異變之繭祟動不安

SHALOM ACADEMY

告別維也納，和以薩一行人分道揚鑣。

下一站北行，俄羅斯，聖彼得堡，在涅瓦河畔的彼得保羅大教堂取得印花。

位於高緯度帶的國家，即便是盛夏也帶著涼爽。

福星和理昂等人前往下一個簽到點。在繁華的街頭，逛著具有巴洛克和新古典主義風味的街道。

「下一站要往哪裡去？」

「我想要買俄羅斯軟糖！」

「還有肉！肉！肉！」

「吵死了——」

和伙伴走在街上打打鬧鬧，夜間微冷的空氣，讓人清爽舒暢。

福星走在街上，物色著晚餐的餐廳。

來。

許久未響起的腦中耳語聲，再度在耳邊迴盪。

又、又來了？

過來這邊。來見我。

「福星？」看著突然停下腳步的福星，珠月開口關切，「你還好嗎？」

「呃嗯，我想上廁所……」

「到店裡就有了。」

福星的眼神有些恍惚，「呃，不對，剛才逛過的店，我有想買的東西。」

「要一起去嗎？」

「不用，我自己去就好……」

福星喃喃自語著轉身，逕自離開。

雖然對福星的舉動感到困惑，但同行者皆尊重他的意志，不過度追問，任由福星離去。

翡翠好奇，「剛剛有經過什麼店嗎？」

丹絹回想著，「比較特別的店，好像……風化街？」

眾人愣愣。

「福星也長大了呀。」紅葉一臉欣慰，彷彿吾家有女初長成的家長一般。

「可喜可賀。」

「話說丹絹怎麼會記得那些東西？」紅葉賊笑，「你有偷偷注意喔？」

「該不會你也在找時間去消費一番吧？」翡翠不苟同地搖頭。

「好下流……」妙春輕聲抱怨，躲到紅葉身後。

「什麼鬼！並沒有好嗎！還有，為什麼福星去就可喜可賀，我去就是下流?!」根本是差別待遇！

「下流，下流。」妙春和洛柯羅笑呵呵地拍手叫嚷。

「閉嘴！」

「我看你這蜘蛛精乾脆改叫汁出精算了。」翡翠在一旁說風涼話。「低級。」

「低級，低級，低級。」

「閉嘴——」

淨世法庭，莫斯科分部。由聖庭本部傳來的急報，讓整個分部陷入警戒。

「注意！本部傳來急令！伊利亞大人親自下達的聖令！」通報員朗聲宣告，「淨世之儀的聖彼得堡出現白色光點！一級追蹤的白色光點！」

「最近的支援小隊是？」

「東歐二區的總隊長，亞瑟．克勞納，還有S級武裝警備軍就在附近。」

「立即調派。」

「是。」

意識處於飄忽狀態的福星，迷迷糊糊，恍恍惚惚，跟著無形無聲的呼喚，一路穿過大街小巷，來到一座位於巷弄中的東正教教堂。具東歐風格的東正教教堂廣場，在夜間顯得蕭條冷清。

「福星！」

熟悉的叫喚響起，福星如夢初醒般回過神。

這是哪裡?他怎麼來到這邊的?他的伙伴呢?該不會又走丟了吧?!

「福星，這邊。」

向聲源望去，只見熟悉的身影正坐在教堂大門前的階梯上。

「悠猊！」福星認出來者，奔到對方身旁。「好久不見。你怎麼在這裡？」

「來找你呀。」

「你也在進行修學旅行?你不是學長嗎?」福星的印象中，悠猊好像待在學校好一陣子了。

是哪一級的學長呢？

「只是路過而已。」

「這樣喔……」特地來見他雖然很感人，但不知為何，福星心中有種怪異的感覺。

第一次離開校園見到悠猊，眼前的人一如以往般掛著微笑，態度從容。但，卻有著明顯的壓迫感……

存在感好像比之前更加強烈，給人一種無形的威脅性。

「悠猊，你好像變了？」但是，又說不出是哪裡改變。

「你也變了不少呀。」悠猊仔細地端詳著福星，像是在觀看某件作品一般。

原本福星體內紊亂不穩定的力量，已趨於平定，靜默地持續發展。

太好了，他的王將。

悠猊的視線，讓福星感到有點不自在。他的目光開始飄動，被悠猊衣角上的髒汙吸引。

「悠猊，你的袖子後面……」福星盯著那塊深紅色的汙漬。

悠猊抬起手，輕瞥了一眼，嘖聲，接著伸出食指輕輕一勾。附著在布料上的髒痕像是清晨的霧一樣，瞬間散去、消失。

「悠猊……」福星從未見過這樣的異能力，對眼前人感到更加陌生不安。「你受傷了嗎？」

「不是。那是……」悠猊輕笑，「是罪孽者的贖罪之血。」

福星忍不住退後一步，「悠猊——」你殺人了？

話語未落，刺耳的槍聲擦過耳邊。

宛如鬼魅一般，穿著白色軍服的隊伍，無聲無息地從一旁的巷道湧入，團團將廣場包圍。四隻咒靈在外圈鎮守著四個方位，阻擋所有退路。

福星恐懼地看著來者，所有特殊生命體的死敵——

「白、白三角?!」

為什麼白三角會出現在這裡？他們的行蹤被發現了？為什麼這麼多人？理昂他們呢？難道也遇襲了?!

「不要輕舉妄動。」

低沉的威嚇聲從人群中響起。扛著裝有結合淨化符咒與銀子彈火銃，亞瑟警戒地走向廣場中央的福星，朗聲低語，「這裡已經被我們控制了。」

當他見到福星身邊的少年，錯愕和驚訝瞬間浮現。

「……伊利亞大人？」

亞瑟看著悠猊，又看了看掛在腰上的狩儀，不可置信。

他同時也認出了福星，那是斐德爾要求格外注意、曾被陰獸劫走卻又生還的人類。

伊利亞大人？福星看著悠猊。他認識白三角？

「你剛叫我什麼？」悠猊雙手環胸，一臉好整以暇，盯著亞瑟手中握著的狩儀。「你手上拿的是什麼有趣的玩具？」

雖然困惑，但亞瑟警覺地發現對方並不是自己認為的那個人，立即噤聲不語，高舉手中的槍對著來者。「你是誰？」

「我？」悠猊大笑，「我是法儀，論斷是非、裁定善惡的標準。我是審判者——你們，有罪！」

雖然身無寸鐵，但悠猊散發出強烈的威脅感。恐懼像夜間的寒氣一樣，從眾人背脊竄升。

「狂妄的陰獸！」亞瑟揮手下令發動攻擊。

經符令加持過的槍械豎起，砲口一致向前。四隻咒靈衝上前，張開恐怖的黑色指爪，帶著死亡之咒的手，朝著廣場中心的兩人揮去。

「悠猊！小心！」福星大喊。雖然自己也在劫難逃，但他仍飛撲向前，企圖將悠猊推開，躲避致命的攻擊。

悠猊輕輕閃開。福星撲了個空，跌倒在地。

「今天當個觀眾，好好看戲。」悠猊對著趴在地上、一臉不解的福星輕語，「下回，專屬於你的舞臺即將揭幕。」

「小心！」

眼看咒靈的手即將碰到悠猊的頸子，下一秒，指尖忽地爆裂，裂痕迅速向後擴張，布滿整個身體，咒靈像是毀壞的雨傘一樣，分裂四散。

悠猊笑著搖了頭，轉身，「你們有罪。判決——死。」

雪白的身影在子彈中高速穿梭閃避，當那白色的人影閃過白三角隊員身旁時，濃密的血霧隨之噴濺。

連慘叫都來不及，咽喉被劃破的人們，瞪著驚愕恐懼的眼神，紛紛倒地，進入永遠的沉睡。

剩餘的三隻咒靈一同發動攻擊，將悠猊圍在中央。但轉瞬間，皮膚變得像是鱗片一般硬化、一片片掉落，最後化成一堆黑色的碎屑。

「悠、悠猊……」福星錯愕地看著染血的廣場，眼中浮現了與死者相同的驚恐。「為什麼要這樣……」

「這是必須的。」悠猊緩緩走向福星，伸手想將福星扶起。

但福星拒絕他的幫助，忍著痛，撐起擦傷的身子站起。他張望了整個廣場一圈，腦中一片空白。

佇立在廣場邊的聖母像，臉上沾著白三角的血，彷彿流下血紅的淚。

「……太殘忍了。」不該有生命遭遇到這樣的下場。「就算他們是白三角，這也太殘忍了……」

「你根本不瞭解狀況。」悠猊搖頭，「我們才是軟弱的那方，都是桑珌那偽善者的政策，導致特殊生命體始終站在被動而低下的地位。」

「但是——」

「我們和白三角從一開始立足點就不同。以特殊生命體的立場，敵人並非『全體人類』，而是白三角；但對白三角而言，敵人卻是所有的特殊生命體。」悠猊咬牙，冷語，「他們憑什麼論斷？憑什麼自認公理之儀?!」

「可是……特殊生命體長得和人類一樣，卻比人類強，壽命也比人類長，他們當然會對我們感到恐懼不安……」

「是的，當然。對強者畏懼並排斥，這是弱者的自然反應。」

「會有這些衝突，應該只是彼此不瞭解的緣故吧！」福星繼續開口，「他們不瞭解我們，如果互相瞭解，那麼這些因無知而產生傷痛與犧牲，或許就不會存在——」

「別再說了，福星。」悠猊憂傷地看著福星，「別讓我討厭你。我不會讓討厭的東西存在。」

福星噤聲。

「我才是公理與正義的準繩。我判定，該是特殊生命體主導歷史發展的時刻了。」悠猊笑著輕撫福星的臉，「你是我的助手唷！福星。」

「什麼意思？」

助手？要他幫助悠猊做這些殘忍的事嗎？

他不要！

悠猊的手覆上福星的額，混亂矇昧的暈眩將福星的意識捲襲到腦海深處。

「學園見。我要去玩囉。」

福星眨了眨眼，目光渙散飄移，像是沒有靈魂的機械一樣轉身離開。

看福星走遠，悠猊開始收拾現場。他彈指，地面上所有的血液，包括白三角隊員身上的血汙，全都朝他所在的位置流動，放射狀的血流聚集、收攏，最後歸於無。

死者身上的傷閉合、復原，外觀絲毫無損，但心臟仍然靜止，倒地的人依舊不會起身。

悠猊走向亞瑟的屍體，撿起掛在他身上的狩儀。

「呵，看來弱者之中還是有些人才……」

他一把將狩儀壓碎，取出內部的運作核心——魂玉。

他知道這是什麼。靈魂的濃縮物。

始終掛著輕蔑笑容的俊顏一凜，散發肅殺之氣。

該死的畜牲……

有罪！有罪！

全部殲滅！

福星從昏眩中回神時，已經躺在飯店的床上。同房的伙伴各自做著自己的事，似乎已逛完市區。

「呃，我什麼時候回來的？」

「三小時前。」丹絧握著遙控器，一邊換著頻道一邊開口，「我們回飯店時你已經躺在床上睡了。」

「這樣喔……」好像有印象，自己迷迷糊糊地走回飯店。

但在回飯店之前他做了什麼呢？

無名的恐懼忽然籠罩。福星忍不住顫抖。

好像發生過什麼可怕的事……

「你嗑藥啦？」丹絧挑眉。

「才沒有！」

「風化區好玩嗎？」

「我才沒去那種地方！」福星瞪了丹絹一眼，「你一直轉臺是想找免付費的色情頻道嗎？」

「狗屁！」換丹絹惱羞。

「不錯喔，福星，剛剛那句回得好。」翡翠拍手。

「還好還好。」福星故作謙虛地微笑以對。

雖然對晚上發生的事一點記憶也沒有，但當福星企圖回想，腦海中就有種聲音將他的思緒打亂，阻止他這麼做。

沉入夢中之前，耳邊朦朧響起一個耳熟的聲音。彷彿在遠方縹緲不定之處，有人吶喊著。

有罪。有罪。

全部殲滅！

夜間十點，淨世法庭本部。

發出通報後三小時，傳回的是令人沮喪的凶訊。

「東歐二區，E2部，全數陣亡。」通報員咬牙，吐出最新情報。「死者身上無外傷，但心臟停止跳動，當地警方推斷可能是集體中毒。殉職者的遺體已在運回本部的路上。」

斐德爾不語，眼底被深不見底的陰鬱填滿。

「遺體運達，全數送往實驗室……」

「是。」通報員繼續開口，「另外。亞瑟．克勞納最終傳來的訊息顯示，似乎與特案十三號列入高度追蹤者有關。不過訊息非常簡短，只有案件代碼，沒有其他消息。」

「特案十三號？」那名東方少年？

沉思了片刻，斐德爾下定決心，毅然起身，「幫我訂前往聖彼得堡的機票，我外出一趟。職務交由副指揮代理，密切保持聯絡。」

「斐德爾大人，現在情況緊急，您不該離開本部，這樣太過危險。」

「情況危急，所以我必須留在本部納涼，讓下屬去送死？」他沒那麼廢！

能夠將S級武裝警備隊全滅、毀掉四隻咒靈，看來陰獸確實找來強勁的幫手。

「我倒是要親自看看對方是什麼角色！」

SHALOM ACADEMY

Chapter09

歧路初端暗顯

SHALOM ACADEMY

次日，依舊停留聖彼得堡。彼得一世自瑞典手中奪取英約爾曼蘭後所建立的城市，被普西金稱為「面向西方的窗口」的美麗海都。

聖彼得堡的簽到點也非常密集，擁有百年以上歷史的教堂林立，而簽到處大多都設立在教堂裡。

傍晚，在告別埃爾米塔日博物館之後，沿著宮廷濱河路向下走，分別在天主教聖加大利納教堂、喀山大教堂取得簽名。最後回到涅瓦河畔，宮廷橋，自四月至十一月為通航期間，涅瓦河和主要運河上的二十二道橋梁會開啟，讓船隻通行波羅的海。

這一關的要求是，在橋梁正開啟到一半時，穿越其中一道，取得對岸簽到點的印花。

「去吃飯吧。」洛柯羅嚷嚷著，「我想喝黑麥汁。」

「你不是嫌那難喝？」福星反問。昨晚喝了第一口黑麥汁時，洛柯羅的表情非常難看，「臉皺得像肛門一樣。」

丹絹蹙眉叱責，「賀福星，你什麼時候變得和那隻狐妖一樣低級？」

紅葉媚眼瞥向丹絹，「羨慕嗎？要不要一起做些低級的事？」

丹絹重重地發出不屑的哼聲，但並沒有拒絕。

洛柯羅繼續解釋，「雖然一開始覺得很怪很難喝，但是回飯店之後竟然懷念起那怪怪苦苦澀澀的滋味。」

妙春伸看向洛柯羅，伸出手指，判定，「極M。」

「什麼東西啊?」洛柯羅不明所以。「M,不好嗎?」

「很好!」珠月豎指。

紅葉將目光移向珠月,珠月露出尷尬的笑容。

「拜託,把妳的書收好,好嗎?」

「都收好了,」珠月不好意思地開口,「但妙春自己會翻來看……」

紅葉不可置信地看向妙春。妙春嘿嘿乾笑,吐出甜甜的嗓音,「因為很有趣嘛。」

「往涅瓦大街走到底,」翡翠難得開口推薦,「那裡有間不錯的俄式料理店。」

「你請客?」布拉德問了個沒建設性的問題。

但出乎意料的,翡翠竟然點頭。眾人愣愣,瞪大了眼看著翡翠。

「你是認真的?」布拉德反問。

「你還好嗎?」珠月擔憂地關切,「剛剛躍過橋梁時是不是撞到頭了?」

「沒有。」

丹絹瞇起眼,冷冷質問,「你該不會想給我們仙人跳吧?」

「怎麼可能!」翡翠嗤聲,當大家以為他還有點良知時,繼續開口,「這樣還得浪費一頓飯。」真的想搞不法勾當的話,他連成本都不想花,直接搶比較快。

真是夠了!

「翡翠……」福星嚥了口口水,不安地望著好友,「你……快死了嗎?」

「你胡說八道什麼鬼！」

「因為人之將死，其言也善啊……」

翡翠瞪著福星，本想開罵，但看著對方一臉真誠擔心的模樣，惡毒的話語怎樣都吐不出來。他長嘆了一聲，開始解釋。

「餐館是我認識的人開的，」翡翠停頓了一下，「是個人類，我的舊友。他……知道我的真實身分。」

眾人停頓了一秒，沒太多反應。

「喔，所以呢？」福星傻傻發問，「我們要帶伴手禮過去嗎？」

「不用。」看著反應平淡的伙伴，翡翠忍不住笑起來，「真夠淡定的。我以為你們會很訝異。」畢竟，願意和人類成為知交的特殊生命體並不多，對人類透露真實身分在某些部族裡甚至視為禁忌。

「訝異什麼？你是指你有朋友這件事？」丹絹竊笑。

「所有人裡你最沒資格講我。」

莫斯科火車站位在聖彼得堡的市中心地帶。由火車站筆直延伸的涅瓦大街，為時尚潮流匯集之地，展示著聖彼得堡的富裕繁華。福星一行人在翡翠的帶領下，前往目的地。

翡翠朋友開的店位在涅瓦街中段的小巷裡。招牌已熄，但店內仍亮著昏黃的燈光。翡翠直接推開門，以暖色調布置的小酒館呈現眼前，木質吧檯和酒櫃前放著一組俄羅斯娃娃和拼布桌巾，給人溫馨的放鬆感。

靠在櫃檯後方、盯著牆上液晶電視的中年男子，聽見開門的鈴聲，頭也不抬地懶懶開口，「抱歉，餐點已經賣完，今天提早打烊。」

「少裝了，想打混就直說。來碗野菇松露燉飯。」

男子抬頭，看見來者，瞪大了眼，「翡翠？」

「你還是一樣混，奧提斯。」翡翠笑望著老友，「變的只有腰圍吧，之前迷死一堆少女的電動馬達腹肌跑去哪了？」

「早就鬆了。現在全身上下電動的只剩心臟啦。」奧提斯看著翡翠，「你還是沒變，和三十五年前一樣……」

翡翠微笑，不語。

特殊生命體之所以鮮少和人類有太多互動，就是不想看到衰老的朋友一個個離開，只剩自己停留在彷彿凍結的時空當中，看不見未來。

「算了，不提這些。」奧提斯振起精神，打量著翡翠身後的人，「你的……同類？」

「嗯。他們是我的朋友，現在的同學。」

「噢，歡迎！」奧提斯熱絡地招待眾人入座，「這是翡翠第一次帶其他人來見我。所以，你們現在就讀哪所大學？都是同個系所的？」目光掃向福星和小花，產生了些許困惑，

「這兩位……該不會是你的孩子吧？」

丹絹噴笑，狂抖不止。

「當然不是！」福星否認。

「果然。」奧提斯了然於心地點點頭，「我很懷疑會有女人想和這摳門的小氣鬼在一起。」

「連你都能找到固定交配對象了，我怎麼不可能！」翡翠尖酸回應，接著繼續解釋，「他們也是我同學。」

「同學？」奧提斯非常訝異。

「我現在讀的是高中……有點特別的高中。」

奧提斯愣了愣，大笑，「都在大學裡混了四年，還回去重讀高中？」

「我沒有讀大學，只是混在人群裡假裝是學生。學生的錢比較好賺，福利又多……」

「我記得你靠著賣論文賺了不少錢。」奧提斯笑了笑，「還用了三年的免費宿舍和學生餐廳。」

「真是好時光吶。」翡翠回憶當年往事，勾起嘴角。

年少輕狂的時光已遠去，只能在回憶裡追尋。看著存在於當下的自己，甚至會懷疑，當年的歡樂年華，是否只是一場虛假的夢。

奧提斯向眾人推薦了菜單上沒有的私房餐點，接著進入廚房開始料理。

「他是我在大學鬼混時認識的朋友，是個好人。」接著，翡翠開始敘述當年的歲月。三十五年前，奧提斯是大學裡反原始林區開發聯盟的領導者。翡翠在加入聯盟後，兩人才彼此相識。

「你加入反原始林區開發聯盟？」丹絹不可置信，「是為了盜走捐款嗎？」

「我一直都很愛大自然。」翡翠認真地說著，聽起來反而十分詭異。

「為什麼？」

「所有的自然精靈都熱愛自然，那是誕生之鄉，也是力量之源。」翡翠的眼神轉為黯淡，「但是科技發達、經濟繁榮之後，我們所珍惜的故鄉被侵害破壞，甚至變成可買賣的東西。」

誰有權力成為山林的主宰呢？

「奧提斯在某次抗議行動之前被敵對的公司暗算，在返家的路上被打成重傷，幾乎死去，是我救了他。我發動異能力，治療了他的傷口。」

也因此，身分暴露。

但奧提斯並沒因此產生恐懼或排斥，而是以對待人類一般的態度面對。他答應絕不說出去，三十五年來一直遵守著承諾。

「那時本來以為自己會有一番作為，沒想到畢業之後立即面臨就業問題。」將料理端上的奧提斯順勢坐入席中，插入話題，「為了生存，犧牲了青春熱血時的夢想，淪落到回老家當廚子。現實狠狠地給了我一巴掌吶。」

奧提斯豪爽地笑著，看似灑脫。接著，話題一轉，看向翡翠，「你呢？你的夢想實現了嗎？」

「尚在努力。」翡翠的語氣顯得有點無奈。

「你的夢想是什麼啊？」丹絹十分好奇，「用不完的錢？」

「你還沒和他們講？」奧提斯淺笑，「因為不好意思？還是和以前一樣，不想被人幫助？」

「我嗅到祕密的味道喔！」紅葉奸笑，「該不會是想蓋個後宮，度過淫亂的後半生吧？」

「並不是。」

「那到底是為了什麼？」

閉口不語的翡翠，環視著一臉期待的伙伴一眼，嘆了口氣，露出放棄的表情，開口，「我想買東西。」

「買什麼？」

「山。一整片的山。」翡翠停頓了一秒，一口氣說完，「即使已經被汙染破壞也無所謂，我會買下來，慢慢整頓修復，然後——讓四散流離的族人遷回山裡居住，回歸自然之母的懷抱。」

他沒和太多人說過這個夢想，對族人更是隻字不提。因為他知道，早已被人類文明馴化的族人，不會支持，只會勸退，勸他對現實妥協。

他可以用異能力和幻術矇騙人類簽定合約，或是靠詐取盜領金錢，輕易達成目標，但他選擇照規矩來。照著人類世界的規則賺錢，換取他想要的東西。

這就是翡翠拚命存錢的原因。

嗜錢如命的精靈，為的不是自己，而是為了根本不在乎處境的昏聵族人。很傻，很天真，卻令人不捨、令人心酸。

「嘖嘖，這番話不管聽幾次都覺得很肉麻。」奧提斯故作沒轍地翻白眼，「下回別在吃飯時說這些倒胃口的話。」

「那你也把臉遮起來，別讓我們看見倒胃口的東西。」翡翠回復平時的尖酸，反唇相譏。

氣氛回復原本的熱絡，眾人在奧提斯與翡翠一言一語的尖酸對話中，度過了愉快的晚餐時光。

餐畢，離去時，奧提斯握著翡翠的手，不捨地話別。

「別了，好友。有機會的話，再聯絡。」

翡翠微笑，「嗯。」但不敢做出任何承諾。

「未來，有空的話，記得來參加我的喪禮。」奧提斯以帶著感傷的豁達，邀約，「我希望我的喪禮上能吹起清淨舒爽的風。」

「哼，可別指望我會包奠儀或送花。」翡翠不以為然地笑著回應。但他心裡很清楚，這樣的日子，可能很快就會到來。

奧提斯死時，奧提斯的孩子、孫子死時，他都還會活著。看著日升日落、人生人滅，他會維持著原樣存在，直到很久之後的某一天，死亡突然降臨。

夜晚，外出的遊人大多歸宅，街上人影稀疏。一行人前往臨近的計程車招呼站。

「噠噠噠。」一名步伐迅速的路人忽地從巷中快步衝出，與福星重重擦撞，卻頭也不回地繼續著腳步，遠離現場。

真沒禮貌。福星瞪著那暗色的背影，嘀咕。

上了計程車，行駛大約五分鐘後，福星赫然發現，掛在身上的腰包，不知何時消失無蹤。

「呃！我的包包不見了！」福星在座位底下左右搜索，但沒有著落，「該不會是留在餐廳裡了吧……」

「要現在回去拿嗎？」

「嗯，我自己過去就好。」

「在這裡等你？」

「不用了，我等一下再自己叫車回去。反正，我剛好也想買點宵夜，」飯店所在的位置偏商業區，沒什麼餐飲店，「我盡快回去。」

跳下車，甩上車門，福星向同伴揮揮手，目送伙伴們的車駛遠後，朝著涅瓦大街中段奔去。

幾乎是同一時刻——

當理昂等人的車駛離餐廳約十分鐘，位於聖彼得堡內的莫斯科火車站，來了個不速之客。下了飛機轉乘火車，於夜間抵達的斐德爾，踏上聖彼得堡的核心地帶。

當初他驟然下決定前往此處，但到了目的地之後，對下一步卻無明確思緒。

看來，他似乎太莽撞了。現在只能亂槍打鳥……

習慣性地拿出狩儀，打開，看著精密的儀錶錶面。

出現在錶面上的幽藍色光點，讓斐德爾勾起嘴角。

看來，上蒼對他不薄。

一個、兩個……五個幽藍色光點，在涅瓦大道上聚集。

哀鳴吧，陰獸。

做為血祭英靈的牲品！

福星獨自踏在返往餐館的路上。街上雖仍有幾間小店亮著燈，但大多數已拉下鐵門，行人稀落。

在經過某個暗巷前時，一股強勁的力道，忽地將他推撞入一旁的巷中。

「啊！」福星一個重心不穩，跌倒在地，還來不及爬起，另一波攻擊襲來，重擊落在他的腰上，將他撞往巷道更裡側。

「唔……」好痛……福星抱著肚子，疼到蹲在地上一時間無法站起。

清脆的腳步聲響起，聚向他的身旁，將他包圍。

福星戰戰兢兢地抬起頭，竟意外地看見熟悉臉孔。

「西、西薇雅？」紐約中央公園內的駐守員！從一開始就對他帶有敵意的闇血族少女！

西薇雅朝福星的臉上甩了個巴掌，「閉嘴，我不想聽見自己的名字從你的嘴裡吐出。」

「唔！」灼熱的刺痛占滿臉頰，嘴裡冒出一股血腥味。福星望著對方，憤怒不解，「為什麼要這樣？」

「你是耽誤復仇的禍害，」西薇雅咬牙，憤憤低語，「都是你，讓闇之爪變得軟弱！」

闇之爪？

「妳是說理昂——」

一記狠又猛的重拳打上福星的肚子。

「你不配叫他。」站在一旁的闇血族成員握著剛施暴完的拳頭，冷語。

「罪孽之女的後裔在東北歐自立為王、成立了新的勢力，這對西、南眾家族是莫大的羞辱。」西薇雅冷語，「夏格維斯家才是闇血族的真正宗主！但你卻讓族長變成只剩婦人之仁的弱者！」

以鐵血原則領導著闇血族眾家積極復仇的理昂．夏格維斯，如今變成消極被動、耽溺在校園遊戲裡的怯懦者！

劇痛讓福星蹲在地上，微微顫抖。

婦人之仁？不、不是的，理昂原本就是個溫柔的人，只是勉強自己壓抑隱藏那份不為人知的慈悲。

「妳錯了，理昂他沒變，他原本就很溫柔……」

重踹襲上福星的背，將他踢倒在地，跪伏在西薇雅面前。

「夏格維斯大人不該是個溫柔的人！」

「不是嗎……」忍著疼痛，福星抬頭，看著西薇雅等人，連自己都覺得帶種地勾起輕笑，「你們不就利用了他的溫柔，要求他完成你們的期望？」

西薇雅暴怒，抽出刀刃。「我們只希望一切能回復到他進入夏洛姆之前的樣子。」閃著冰冷刀光的劍鋒，指向福星，「所以，你必須死。」

長刀揮落，福星咬牙忍著疼痛，趕緊側身閃避。刀刃敲擊到石子地面，發出刺耳的聲響。

閃避過西薇雅的攻擊，但沒有喘息的餘地，另外四人也抽出利劍，刀口集中，朝著福星劈下。

糟糕，躲不了！

眼看五把利刃即將襲向自己，福星閉上眼。

再見，大家。

對不起，要讓你們難過了——

預期的疼痛沒出現，反而是西薇雅的慘叫響起。

「啊——」

福星睜眼，只見西薇雅半跪在地，雪白的頸部整個變成可怕的紅黑。其餘闇血族成員站在一旁，神色惶恐地瞪著西薇雅身後的方向。

福星轉頭，只見全身慘白、散發不祥氣息的咒靈矗立，身旁站了個人，因為背光，看不清面貌。

「去死。」耳熟的男聲響起，「成為弔慰殉難者英靈的祭物吧。」

闇血族立即改變攻擊對象，有志一同地開始朝著不速之客發動凌厲致命的攻勢。

但對方也不是省油的燈，一一閃躲，並且與咒靈一同反擊。

一陣激烈廝殺就此展開，但很快就結束。

一名闇血族被特製的銀子彈打中心臟，悶哼倒地。另外三名闇血族身受重傷、行動遲緩時，咒靈立刻補上最後的致命一擊。

而一開始就中了死咒之毒的西薇雅，戰鬥到一半時便停止呼吸。

原本打算趁亂逃跑的福星，撐著身子還來不及移動出巷子，戰鬥已經結束。

腳步聲朝他靠近。

福星長嘆一聲。唉，該來的還是躲不過，悲劇……

「你沒事吧？」溫柔的關切聲從背後傳來，「別擔心，已經沒事了。」

福星納悶地轉過頭。在街燈的照耀下，對方的容貌清晰呈現。

「呃？是你?!」他記得這個男的！曾經救過他兩次的恩人，名字叫作——「斐德爾？」

「又相遇了。」斐德爾輕笑，「每次遇到你，你都正好被攻擊。」

「啊，或許這是我的長項吧……」福星自嘲地開口。

這樣的情況下，竟然有心情開玩笑，連福星自己都感到訝異。他覺得心裡很亂，不知道該如何反應，有種莫名其妙的荒謬感

他的同類想要殺了他，反而是他的敵人救了他一命。

斐德爾回頭，看了看倒在血泊中的人，「這次你惹上的對手可真不簡單。」

「是啊……」福星苦笑。

斐德爾盯著福星，「你知道他們是什麼？」

「不是搶匪嗎？」福星裝傻，「更正，是長得很好看的搶匪……」接著目光移向咒靈，「你的同伴看起來也不簡單，打扮得很潮。」

斐德爾輕笑，福星也跟著笑，但一笑就拉動傷口，讓他忍不住縮起身子，撫著傷口呻吟。

「你沒事吧？」

「還好……」

「你需要治療。」斐德爾扶著福星，「跟我走吧。」

「呃，但是——」福星想拒絕，因為他的同伴在等他。

但他擔心，若是斐德爾跟蹤，那他豈不是讓伙伴陷於危機？

「不方便嗎？我記得你說你是遊學生，是否需要回學校通報一聲？」

「不用不用！」福星趕緊拒絕，「別擔心，這個星期校慶放假，可以自由活動。」

「這麼輕鬆？」

「呃……遊學生大部分都很混，都在遊沒在學，你應該知道的。」福星乾笑兩聲。

斐德爾微笑，不再追問。打電話從淨世法庭分部調派來了專車，帶著福星離去。

夜半十一點，返回飯店兩小時後，仍不見福星歸來，他的電話也無法接通。眾人意識到情況不對勁，連忙趕回涅瓦大街，逐巷搜索福星的身影。

暗巷中的濃厚血腥味，讓他們沒花多少時間就找到了案發地點。

眾人趕到現場時，臉綠了一半。倒在血泊中的西薇雅等人，身上的黑紅色致命傷，說明了激戰對象的身分——白三角。

「現在怎麼辦？」

「福星不在裡面。」翡翠勉強著自己冷靜開口，「有可能還活著。」

「要向學校通報嗎？」

「夏洛姆既然安排了這項危險的活動，活動期間的傷亡全是自行負責，何況只是有人失蹤？先通知警備隊來收拾現場吧。」

「現在只能靠自己了。」小花深吸了一口氣，「想辦法找幫手，搜尋福星的下落。」

洛柯羅繞了現場一圈，找到福星的隨身腰包，手機、相機都放在裡頭。

理昂走向已故的族人，赫然發現一個藍色的東西掉落在西薇雅身旁。

他彎腰撿起，臉色更加沉重。

那是福星的鑰匙圈，在臺灣時大家一起買的。

「理昂……」珠月輕喚，不知道該說什麼安慰的話語。

西薇雅會出現在這裡，本身就不單純，或許是想對福星不利。

但為何會與白三角扯上關係？

這錯綜複雜的事件，讓眾人摸不著頭緒，心情低落煩亂，只能祈禱。

福星，千萬不能死……

千萬不能消失。

在莫斯科簡單包紮上藥後，福星在斐德爾的帶領下，前往梵蒂岡東南，淨世法庭本部。

福星跟在斐德爾身後，穿過重重關口，進入了法庭中心。從一路上眾人對斐德爾的恭敬態度，可看出他在組織中具有極高地位。

福星不可置信地打量著周遭。

他在白三角本部，周圍全是想殲滅他的敵人……但他卻能這樣悠哉地行走，站在斐德爾身後一同接受他人的行禮。

感覺非常荒謬又不真實。

「這是淨世法庭。」斐德爾邊走邊向福星介紹，「維護世界正義與潔淨的最終據點。這個世界上，除了人類之外，還有其他有智生物。比方說昨晚攻擊你的那些傢伙，我們稱之為陰獸。」斐德爾停頓了一下，「而法庭存在的目的，就是為了消滅那些邪惡的物種。」

福星咽了口口水，「全部消滅？」

「是的。」

「呃，你確定……」福星思索著比較適當的詞彙，委婉開口，「你確定他們一定全都是邪惡的？」

「或許有些陰獸沒那麼壞，但是，我們無從辨認。在考量到最大效益下，全數消滅是最恰當的做法。」

「……好像不太公平……」

「打個比方好了。一棟屋子裡，住了數十種蟲類，有害蟲，也有無害的蟲子，即便是蚊子，也未必每一隻都曾吸過你的血。但是當你在消毒清掃房屋時，你會一一辨認蟲子的種類再決定撲滅，還是直接施放殺蟲劑，一次殲滅呢？」

福星語塞，一時不知如何反駁，但心裡總覺得這樣不對。

人怎麼能和蟲子比……

「你很善良，」斐德爾柔聲低語，「但並非所有人都值得你給予關心。」

「為什麼要和我說這些？」

「我猜你應該認識陰獸，並知道陰獸的存在吧。」

福星倒抽了一口氣。雖然嘴巴沒回應，但驚愕的表情透露了一切。

斐德爾坦白，「或許你曾受過陰獸的恩惠或救助，或許以往陰獸給你的印象是正面的。但我必須告訴你，這都是假象，片面的假象。觀看一個人或物種，不能只看片面。」

「那你們也不該只看片面就評斷他人吧……」福星低聲反駁。

斐德爾微笑，不多解釋，帶著福星穿越長廊，來到位於建築中央的一個房間前。

白色石材的大門，平滑潔淨的門板中央，刻著方直十字。

這樣的門，讓福星聯想到墓碑。

打開門，裡頭是巨大的六角形空間，屋頂挑高了約五公尺，高聳空蕩的房間裡什麼都沒有，牆面是以兩面白色石板與四面灰色石板拼成，上面布滿密密麻麻的刻文。

「這是慰靈室。」斐德爾解釋，「這兩面白牆上，記著從法庭創立以來，歷代殉職的伙伴。」

福星瞪大眼，望著那巨石牆上所刻的字。

約寶特瓶蓋大小的字體填滿整面牆，上面的人名難以數清。都是殉職者？特殊生命體也殺了這麼多的人?

其中有幾個是理昂做的?其他的伙伴,是否也有「戰蹟」留在這面牆上?

一股顫慄和寒冷襲上心頭。

大門再度開啟,兩名白衣男子走入,拿著鑽子,各在白色與灰色的牆面上留下了幾個名字,接著默默走出。

「那灰色的牆面呢?」

「記的是被陰獸殺害的無辜者名字……」斐德爾長嘆,臉上充滿自責,「白牆上的名字,代表著我們的勳章與榮耀;灰牆上的名字,告誡著我們的無能,讓我們更加警惕。」

福星猶豫了。

剛毅的俊顏上,眼角微微濕潤,那是結合屈辱、不甘心、悲傷、憤恨的淚。

以往他認為壓迫自己的敵人,或許才是被壓迫的那一方。而且,特殊生命體和人類之間的仇恨,比他原先預想的更現實、更殘酷。並不只是單純幼稚的討厭,而是深刻切骨的恨。

特殊生命體比人類強大許多,怎麼看,人類都是弱者。

弱者。

他想起以往的自己,還自認為是人類的時候。

無能怯懦的身影,浮現眼前。

什麼時候開始,他變得自以為是,自認為高人一等?憑什麼認為特殊生命體對人類的寬厚是種莫大的慈悲，是種多麼高貴的情操？

他曾經也是那樣軟弱無能的人類啊！口頭上對著伙伴訴說人類的好，要伙伴接納人類，但他做了什麼呢？他根本不瞭解現實的狀況。像個不經世事的傻子，憑空說著不可能達到的理想。

福星的臉色變得沉重。他對那樣的自己感到作嘔。

斐德爾輕拍福星的肩，給予福星鼓勵。

「抱歉……」福星輕聲低語，「剛剛說了愚蠢又冒犯的話……」

「別這麼說。」斐德爾微笑，「你很單純，只是說出自己的想法，這沒有錯。」

門扉再度開啟，穿著修士服的祈聖者進入。「伊利亞宗長大人召見。」

「明白。」

斐德爾領著福星走出慰靈室，吩咐下屬將福星帶往客房，旋身前往聖殿之中。

才踏入聖殿，伊利亞的質問劈頭而來。

「下午跟在你身旁的，是什麼人？」站在名為淨世之儀的巨大狩儀，最終之戰祕密武器前方的伊利亞，淡然詢問。

「只是個朋友，前陣子從陰獸手裡救了他。」

「朋友？」伊利亞挑眉，「不是高度追蹤的特案十三號？」

斐德爾知道自己隱瞞的事已被揭開，只好坦承，「是的。一開始在馬賽他曾被陰獸帶走，但後來卻生還。這樣的案例很特別，所以我發了追蹤令。」

「如果他也是陰獸的話，這樣的案例就不特別了。」伊利亞冷聲開口。

「不，我確認過。我曾拿著狩儀站在他身旁，狩儀毫無反應。這足以證明他不是陰獸。」

伊利亞輕笑了聲，「淨世之儀前天下午出現紊亂，裡頭的魂玉雜亂地閃滅著暗沉的光。」他停頓了一秒，「正好是從他踏入這裡的那一刻開始異常。」

斐德爾不語。他想起前兩次遇到福星時，狩儀也出現異常的故障。

「你確定不是他施了什麼咒，干擾內部運作？」

「應該……不是……」斐德爾不太確定地開口。

雖然沒有證據，但他從福星身上感受到的是誠摯的單純，和邪惡的陰獸不同。怎麼看，都是個善良單純的人類少年。

「送他去生研中心徹底檢查。」伊利亞下令，「不是陰獸的話，想辦法吸收他，不管知不知情，他看起來和陰獸有些關係；如果是陰獸，那就直接改造成魂玉，成為淨世之儀的能量。」

「……是。」

福星在實驗室裡待沒多久，斐德爾回到屋中。

「抱歉久等了。」

「不會。」

「剛剛醫院傳來消息，說你受的內傷比預想的嚴重，需要深入的檢查。」斐德爾流暢地說著早捏造好的謊言，內心隱隱感覺歉疚。

「是喔！」福星非常緊張，「會怎樣嗎？我覺得還好啊！」

「不用擔心，已經安排最完善的醫療小組，用完餐後休息一下，即可進行診斷。如果有問題的話，會立即治療。」

福星感動地看著斐德爾，由衷至謝，「謝謝你，對我這麼好。」他嘆了一口氣，「我總是給別人添麻煩，之前已經被你救了兩次，現在還讓你這樣費心照顧……」

賀福星，是何德何能可以享有這種待遇？

特殊生命體的伙伴對他好，連白三角也對他好。但他只是個無能無用的小卒。他什麼也不是。

「別這麼說，」斐德爾隱隱良心不安，「是我虧欠你。」他騙了他。

用完餐點後沒多久。福星被穿著實驗袍的人送入醫護中心——他以為是醫護中心，其實是生體實研所，專門以特殊生命體做活體研究的機構。

在做檢查時，為了避免福星反抗或逃逸，在餐點和藥劑裡都放了安眠藥與鎮定劑，使得福星在整個過程中，都呈現昏睡或半昏睡的狀況。即使是醒著，也感到腦袋一片混沌，不知此刻是何時。

「今天的檢查到此為止，明天再做兩個檢查就可以了。」斐德爾牽著身穿白色醫療袍、睡眼惺忪的福星，回到房間。

「嗯，你說的沒錯……我的身體好像真的有點問題，這幾天一直想睡，腦子昏沉沉的……」福星抬起頭，撐起眼，勉強揚起笑容，「謝謝你喔，幫我安排這樣的治療檢查。」

那樣單純的笑容，像根針刺入斐德爾的心中，讓他因愧疚而不安。看著一躺上床就陷入熟睡的福星，斐德爾輕輕摸了摸他的臉。

抱歉，真的很抱歉……

耗時兩天半的全面性徹底檢查，在中午時分結束。

檢查報告在傍晚時送出。

「斐德爾大人，這是檢查的詳細數據。」實研組成員將報告遞給斐德爾。

斐德爾沒心情逐一閱讀，直接詢問結果，「如何？」

「他是個徹底的人類，沒有任何異常。」實研組成員停頓了一下，「除了有點發育不良的狀況，推測是由偏食引起。」

斐德爾鬆了口氣，同時忍不住勾起笑容。

偏食嗎？果然很像那小子會做的事。

次日早晨，斐德爾親自送福星前往機場搭乘飛機。

「謝謝你這幾日的照顧。」福星鞠躬，「讓我白吃白喝白住，還享用了免費的健康檢查。」

「這沒什麼。」斐德爾淺笑。「算是給勇士的讚禮吧，能從陰獸手中逃脫兩次，這連法庭武裝軍都未必能做到呢。」

福星乾笑了兩聲，心裡很不自在。

「以後常聯絡。」

「嗯！」福星點頭，但心裡期望著最好永遠不要再相見。

下次見面，不知道會是什麼樣的場景。知道他身分的斐德爾，還會這樣笑著對他嗎？

「對了，」斐德爾拆下領上的圓徽，金色的釦子上刻著精緻的三角形，以及天秤。「這個給你。」

福星接下金釦，「這是？」

「我的職徽。看到後面有一個小鈕嗎？」

「嗯，有。」

「日後當你遇到危機時，用力壓下，會發出求救波，在周遭的淨世法庭伙伴會立即趕去相救。」

福星看著斐德爾，傻在原地。「為什麼要對我這麼好？」這麼貴重的東西，輕易給人好嗎？

「不知道。」斐德爾聳肩，「和你在一起有種輕鬆自在的感覺，而且你很善良。就收下吧。」

「謝謝……」福星將金釦緊緊握在手中。

「後會有期。」

福星向斐德爾揮手，步入海關之中。

福星離去後，同行的淨世法庭成員詢問斐德爾，「需要跟蹤他嗎？」

「不必。」斐德爾率然轉身，「他會再來找我的。」

Epilogue

內心之秤搖擺不定

英國，格林威治。

時間是八月九日，夜間十一點五十分。為期三週的修學旅行，再過十分鐘即將結束。所有的應屆學員聚集在廣場上，興奮地分享著旅途中發生的事，以及輝煌戰蹟。

只有一組人馬，面色如土，槁木死灰。

「還是沒消息。」珠月盯著手機，眉頭深鎖。「中國南海一帶的同伴，沒有人見到福星。」

「東北也是。」丹絹無奈地回報著子夜傳來的最新消息。

紅葉、翡翠、布拉德等人也是，一無所獲。

理昂不語。他不顧長老們的責難，發動夏格維斯家族的搜查網，到各處尋找福星下落，但沒有任何結果。

唯一的訊息是，有人曾經在聖彼得堡的某間醫院裡，看見長得像福星的少年和一名成年男子同行。

「那麼，」站在廣場前的派利斯教授，看著回報的名單，「只剩東行組第七十七小隊尚未到齊？」

「是的，差一人。」

「會來嗎？是否要把他踢出隊員名單，這樣其他成員就不用負擔起脫隊者的責任。」

「不必！」理昂等人斷然回絕。

派利斯愛莫能助地苦笑，「那麼，第七十七小隊因隊員不齊，判定失格——」

「等、等一下！」慌忙的叫喊聲從廣場後方的入口處響起。「我到了！全員到齊！」

眾人回首，只見拖著行李箱、彷彿剛從機場趕來、一臉狼狽的黑髮少年，穿越人群，擠到中央。

「福星?!」

「你去哪裡了?!」

紅葉等人又驚又喜，同時往福星的方向移動聚首。

福星不好意思地抓了抓頭，「出了一點事，所以耽擱了，真的很抱歉。」

他擔心被跟蹤，所以先飛到俄羅斯莫斯科，接著是捷克布拉格，匈牙利布達佩斯，然後是德國柏林，法國巴黎，最後是英國倫敦的格林威治。這趟瘋狂的空中之旅，耗掉了他存了兩年的獎學金，還動用了琳琳借他的信用卡。

「東行組七十七小隊，全員到齊。」派利斯在記錄本上打了個勾。「那麼，請繳交手冊審核印花吧。」

「不用了。」翡翠回應。

福星回頭，「為什麼？」

「因為我們每個人差三個印花，沒完成任務。」布拉德不以為意地拿著手冊搧了搧，「沒什麼大不了的。」

「呃？怎麼會！」福星錯愕，「明明還有足夠的時間，怎麼會——」

「說什麼傻話呢。」紅葉的語氣聽起來有點生氣，「你失蹤了，我們怎麼可能有心情完成任務？」

福星眨了眨眼，看著同伴。

「所以……我們失敗了？」所以，他又害他的伙伴落入窘境？

「沒關係啦。」珠月笑著安撫，「你平安回來比較重要。」

「是啊是啊，」洛柯羅跟著附和，「福星不在，點心都變難吃了。」

面對著伙伴的包容與關心，福星的心情沉到谷底。

根本沒變。

他還是一樣無能，一點成長也沒有。

做人失敗，做妖怪也失敗。他的存在有什麼意義？

「東行組第七十七小隊不繳交印花嗎？」派利斯推了推厚重的金框眼鏡，「那麼是否有加分題的證明物？」

「沒有！」翡翠立即回應，想盡快解決這個話題。「我們確實沒完成任務。請檢查下一組吧。」

但是，聽見關鍵字的福星，不打算就此結束，仍繼續追問。

「加分題？」有這種東西？他怎麼不知道？「加分題的證明是什麼？」

面對福星的疑問，派利斯挑眉，露出了狐疑的表情，懷疑福星是否故意鬧場。確定對方真的是在狀況外後，敲了敲放在前方高檯上的東西。

「這就是加分題的證明物。只要有兩個，就算全員通過。」

福星望向檯上，一個像魚缸的大型圓形玻璃碗裡，裝了一半的圓釦，其中有不少徽釦上還沾著血汙。

那是……白三角的徽釦！

「為什麼……會有那些東西？」

眼看隱瞞不住，丹絹只好攤牌，「最後一頁的加分題，被斬開的血三角，傾倒不公正的法儀，意思就是要我們找出白三角成員，加以毀滅……」

「怎麼會……」福星錯愕。他以為單純有趣的修學旅行，竟然藏著這麼黑暗血腥的一面？「你們都知道嗎？」

同伴的表情，告訴了他答案。

福星恍然。

啊，難怪……

難怪在加州的布拉德老家，蕾妮要這麼語重心長地拜託大家幫助布拉德……

畢竟修學旅行藏著這麼血腥危險的任務啊！

「然後，我們這組一個也沒有？」福星望向理昂。

以理昂的個性，莉雅的仇未報，他應該會熱切地執行這項任務，為何會——

都是你，讓闇之爪變得軟弱！

西薇雅的話語在腦中響起。

難道是，為了他？

「那麼麻煩的事，沒興趣。」布拉德沒好氣地懶懶開口，「出來玩就玩，搞這麼複雜的東西幹什麼？」

「就是嘛，」紅葉跟著附和。「光是找白三角不知道會浪費多少購物的時間。」

「沒錯沒錯！」

「我可不想花費不必要的醫療費用。」

看著伙伴一人一語地說著，福星知道，他們會這麼說，是為了讓他安心。

愧疚感再度籠罩內心。

雖然修學旅行的任務讓他感到殘忍，但此刻，他更不願看到伙伴因為他而一同被貼上失敗者的標籤。

「所以，東行組第七十七小隊，沒有加分的徽釦？」派利斯再度詢問，「那麼，失敗者將負擔旅程中所有的——」

「慢著！」福星突然開口。

所有人的目光集中到他身上。

「福星？」伙伴們不解地看著他。

「要徽釦的話，我有！」

福星打開包包，從小袋子裡拿出金色徽釦，衝上臺前，遞給派利斯。

「雖然只有一個，但是加上那些印花，應該可以算通過吧？」

派利斯盯著福星手中的金釦，瞪大了眼。

「這、這是——」

福星緊張地看著派利斯，很擔心這種釦子不列入計分。

「這是最高層幹部的徽釦！」派利斯驚聲宣告。

白三角內部將成員分等級，不同層級的人擁有不同顏色材質的徽釦，以此做為辨識。最底層的是志願者，也就是瞭解白三角存在、支持白三角運作的普通百姓，以綠銅為釦徽；接著是士兵階級，紅銅；隊長階級，烏鋼；上級幹部階級，銀；核心幹部，金。

福星不確定地詢問，「所以，可以加分嗎？」

「當然！當然可以！」派利斯激動地用力拍著福星的肩，「了不起！太傑出了！這麼年輕的精怪，竟然能取得最上級的金釦！這連訓練有素的資深警備隊長都未必做得到！真是後生可畏，後生可畏！」

一瞬間，原本處於失敗邊緣的東行第七十七小隊，由谷底翻升到冠軍。

指針與分針相疊，凌晨零點。

夏洛姆修學旅行，正式劃上句點。

趁著教授們上臺發表感言時，紅葉等人追問福星失蹤那幾日的下落。

「那天我回去找包包的路上，剛好遇到西薇雅他們，我們在路邊聊了一下，結果突然被白三角攻擊。西薇雅等人被殺害後，白三角以為我是人類，就把我帶走。」

「為什麼白三角會以為你是人類？」

「我不知道耶……大概是我看起來比較笨吧？」福星打哈哈帶過。

但理昂心知肚明。

會被誤認為是人類，必定是因為受到攻擊。白三角下意識地將現場判定為特殊生命體企圖殺害無辜百姓。

福星刻意不說，是為了不想讓他難堪。

「其中一個成員收留我幾天，問了我很多事，而且好像對我的說詞有些懷疑。後來我趁他們守備比較鬆的時候偷偷逃走。因為怕被跟蹤，所以跑了好幾個國家才回到這裡。我的手機不見了，也沒記住大家的電話，所以一直沒聯絡上……」

福星簡短地敘述完自己的遭遇，但也隱瞞了些事。

「你這命大的小子！」布拉德一掌拍向福星的頭。「太混帳了！」

「還真是福星呢！」

會後，派利斯將釦子還給福星，說這是難得的戰利品，是勇士的證明，要福星收好。

走在散場的人群之中，準備跟上同伴的腳步，忽地身後有人叫住了他。

「福星。」

福星回頭，只見理昂站在身後。

「你的東西忘了……」理昂丟了個物品過來。

福星以右手接下，打開手掌，看見銀藍色的「LUCKY STAR」折字鑰匙圈躺在掌心。

「走吧。」理昂走在福星身側，「收好，別再走丟了。」

「嗯……」

左手中，躺著斐德爾給他的金釦；右手中，躺著理昂還給他的鑰匙圈。

福星心裡五味雜陳。

要選擇哪一邊呢？福星。

不是禽鳥，也不是走獸的蝙蝠，最後淪落到被兩方排擠，孤獨終老。

是精怪，也是人類的賀福星。

最後會站在哪一個陣營裡？

——《蝠星東來V妖怪的修學旅行》完

Side story

換室友比換枕頭更讓人睡不習慣・中

「……對付異端分子和女巫，宗教法庭研發出各種殘酷的刑具。拷問的目的不是為了得到真相，因為犯人踏入法庭的那一刻，早已被定罪。拷問本身即是目的。刑具不僅帶給受刑者生理上的痛苦，同時也帶來了劇烈的心理壓力。有些刑罰雖不致命，但在那絕望陰暗的環境裡，一點點的疼痛也會被放大，將人逼入瘋狂……」

教室前方，一頭蓬髮的教授，以平板而低沉的嗓音，如誦經般陳述著殘酷的過往。

寬敞的階梯式教室內，學生零星地散落各處。

坐在教室右側角落位置的以薩，渾身僵硬，不敢妄動。他全身上下的每一根神經，彷彿繃緊到極致的弦，連風拂過都會產生燒灼般的劇痛。

握著鋼筆的指頭因過度用力而發白，他的指關節隱隱作痛，有如被上了碎指夾。

以薩盯著桌面上的文本，攤開的頁面上有張插畫。一名男子被固定在刑架上，狼狽而痛苦不堪。

以薩覺得那就是自己。他在受刑。

而造成他痛苦不安的刑具，此刻放肆而隨性地側坐在長椅上，雙腳攤放，整個人慵懶地靠在他側臂，把他當靠枕。

以薩努力地專注在課程內容上，試圖忽略手臂上的溫熱觸感，忽略那時不時拂過來的金色髮絲，忽略那若有似無的淡淡清香。

他的手緊貼著筆記本，用力地在頁面上刻劃下字句，強迫自己專注。即便徒勞無功。

受制於派利斯的咒語，被綁定的兩人必須同步行動。但是在違反規定前，他們彼此之間有五公尺的自由距離。如果翡翠離他五公尺遠——不，不用五公尺，半公尺就夠，他有自信自己能從容而淡定地應對，並且不受影響。

不知道為什麼，翡翠卻選擇坐在他身旁。

他本不以為意，但是上課十分鐘之後，風精靈便開始不安分。先是趴著，然後盤腿，在確定教授根本不管學生之後，索性直接把腳縮起，有如在威基基海灘的躺椅上做日光浴，悠哉舒適地休息。

以薩想制止，但他錯過了時機。翡翠靠在他身上的那一刻，他整個人石化，內心發出惶恐的吶喊，腦子一片空白。當他意識到自己可以請翡翠移開時，他發現對方已睡著。

他不知道要怎麼叫對方醒來，他不敢伸手觸碰這過分美麗的精靈。

敞開的窗拂入一陣夜風，將一綹金色的髮絲吹向桌面，翩然降落，橫躺在以薩的左手手背上。

以薩看著那綹頭髮，愣了一下。

很漂亮的頭髮。

讓他想到了聖經裡的書籤線。細緻而聖潔。

他忍不住伸手，輕輕地捏起那綹髮絲。滑順而柔軟的觸感，自指間泛開。

這一瞬間，他的內心也泛起了一股微妙的感覺。像那綹頭髮一樣，輕輕的，軟軟的。

你是罪孽之子。你的血液裡流著邪淫而殘虐的因子。

你的存在是為了贖罪。贖你的原罪。

記憶裡，族長冷厲的訓誡聲，有如鞭子一般，冷不防地抽向他的思緒，使他反射性地再次被恐懼占據。

以薩的身子震了一下，同時丟出了指尖的髮絲，像是丟出一塊炙手的烙鐵。

過大的動作驚擾到身側熟睡中的人。

「……嗯。」慵懶的低吟聲響起，「下課了？」

「還、還沒……」

翡翠打了個呵欠，伸個懶腰，接著拿起擱在桌面上的手機，看了一眼。「竟然還有半小時……」他不可置信地搖了搖頭，接著轉向以薩，「你有行動電源嗎？」

「沒、沒有。」

「那你的手機可以借我一下嗎，我要錄音，我的手機電力不夠了。」

「好的。」以薩順從地將手機遞給翡翠。

「謝了。」

「你也對中世紀歷史有興趣？」以薩小聲詢問，語調裡帶著點興奮。一方面是出於遇見同好的喜悅，一方面是因為翡翠在回答時移開了身體。

他如釋重負。

「不，我覺得這堂課超無聊。聽他上課不到幾秒就會想睡覺。」翡翠一邊操控著手機，一邊回答，接著望向以薩，勾起奸商式的笑容，「猜猜看我為什麼要錄音？」

「這個……」以薩認真地思考了幾秒，「你打算以助眠之名販售這些錄音檔？」

翡翠漾起讚許的微笑，「不錯的答案，但這太普通了，而且市面上有太多類似的東西，賺不了什麼錢。」接著他勾起自負的笑容，「我要賣的是增長壽命的延壽CD。」

「啊？」

「彭塔諾教授的課有一種魔力，在他的課堂上，時間會莫名地放慢拉長，給人度日如年的感覺。」翡翠頭頭是道地說明著，「只要聽他的課，就會覺得自己多活了好幾年。新品預購，算你三歐元就好。」

看著翡翠狡黠的笑容，以薩也忍不住微笑。

「我覺得這堂課很有趣。」他低聲回應。

「是嗎？」翡翠不以為然。

手機設置好，睡飽的他開始找事打發時間。

他撐著頭，面向以薩，放肆而光明正大地盯著對方看。

雖然沒有肢體上的接觸，但那雙視線讓以薩感覺坐立難安。

「請問，有什麼事嗎？」以薩客氣地詢問。

「你用鋼筆寫字。」

「是、是的。」以薩戰戰兢兢地回答。

「好寫嗎?」

「相當不錯。」

「筆蓋上的圖樣是天鵝?」

「不,是鵜鶘。」

「喔?」翡翠伸出手,直接覆上了以薩握筆的手,輕輕使力,將筆桿側向自己。

當那柔軟溫熱的掌心貼上自己的手時,以薩覺得全身的血液都在暴衝,他的理智正在嘶吼著住手。

「啪啦!」

碎裂聲響起,只見蒼白手掌中的金屬筆桿,硬生生地裂開。

翡翠挑眉,「嗯哼,似乎不是很耐用。」

「是啊……」以薩冒著冷汗,盯著翡翠的手移開。

他拿出備用的筆,故作鎮定地繼續抄著筆記。

冷靜點。

再撐一下,再撐……該死的,怎麼還有二十三分鐘……

翡翠安分了幾秒後,隨即把注意力轉向以薩的筆記。

「你很認真,筆記抄得很詳細。」

「謝謝……」

「可惜修這堂課的人不多，你的筆記拿來賣獲益不高。」

「的確……」

「這是什麼文字？你在亂寫嗎？」翡翠將頭湊向本子，盯著上頭的字。

「是俄文草書……」以薩連忙抽開手，避免和對方有所接觸。慌亂之中，他將擱在桌面上的筆蓋揮落地面。

以薩打算彎身撿拾，但翡翠的動作更快一步，「我幫你。」

「呃，不——」

金色的人影動作很快，像風一樣地靠向他，接著身子一彎，纖長的手臂直接穿過以薩的兩腿之間，朝地面探去——

「……若是男性囚犯，最方便而又最痛苦的拷問方式，便是折磨犯人的生殖器。」教授平穩的嗓音幽幽傳來，「翻到下一頁，右上角的版畫，獄卒正拿著燒紅的火箝夾扯犯人的陰部，畫中男子的神情充滿了驚恐與痛苦……」

以薩覺得，他就是那受刑的人。

他倒抽一口氣，強忍著痛苦與恐懼。

握筆的手重重下壓，深深戳入筆記本內。在強勁的力道之下，鋼筆的筆尖迸裂，黑色的墨水湧流而出。

翡翠的手在地上探尋徘徊，手臂在以薩的兩腿之間晃動徘徊。

以薩覺得，自己不僅被火箝夾住，施刑的人還惡劣地轉了三圈。

「找到了。」翡翠捏著筆蓋，坐起身，他發現以薩的筆記本有大半染上了墨痕，整頁的筆記全毀。

「感覺你的筆很不耐用。」

「嗯……」以薩雙眼無神，虛弱地應了聲，彷彿瞬間衰老了好幾歲。

「看來，你需要我的延壽CD。」翡翠笑了笑，「整堂課我都錄下來了，你可以聽CD補抄筆記。」

「嗯……」

這場折磨，還要多久才能結束？

他抬眼望向牆上的鐘。

還有二十分鐘。

給他個痛快吧……

福星和丹絹兩人剛好今晚都沒課。

離開自己房間之後，福星便陪著丹絹去了圖書館，接著悠閒地吃了晚餐，再緩緩步回宿舍。

福星常來翡翠的房間，對這裡的環境非常熟悉。房間的公共區域，以及丹絹的床區乾淨整潔，而翡翠的床區則是有如回收場一樣雜亂。

福星站在翡翠的床區前，看著那堆滿雜物的空間。桌面、地面已經被一堆鋁製的小鐵盒覆蓋，看起來像是礦山。

「這次又批了什麼貨物啊？」

丹絹瞥了地面一眼，「他說那是『甜蜜之吻』。」

「這名字讓我覺得很不妙……」

福星好奇地撿起其中一個鋁盒，打開，裡頭裝著的是一組縫在口罩上的假牙。「搞什麼啊！這是什麼鬼東西！」

「翡翠說，單身的人可以買這個回去，假裝成是自己的伴侶，拿著這個接吻。」丹絹停頓了一下，回想翡翠說過的話語，「這好像是從『男友手臂抱枕』聯想出的產品。」

「但這是牙齒啊！就算我沒接過吻，也知道沒人接吻是吻牙齒的好嗎！」

「的確，所以我建議他附上嘴唇、舌頭，至少做出整個口腔。」

「呃，那樣好像會變成另一種用法的商品……」

「我不知道販售這商品的人、買這商品的人、或這商品本身哪一個比較蠢。」丹絹看了翡翠的房間一眼，露出了嫌惡的表情，「你還是睡客廳吧。」

「這房間要怎麼住人啊？」

「他昨晚把商品堆在客廳，被我訓斥之後就全收回房裡，沒想到今天竟然是你來住。」丹絹嘖聲，「你還真倒楣。」

福星乾笑了幾聲，轉身走向客廳，看著沙發。

「啊，我沒有帶棉被和枕頭。」

「我們有備用的。」丹絹走向放在玄關附近的大立櫃，從裡頭拿出枕頭和棉被，遞給福星。

福星接下，乾淨的棉被純白無瑕，平坦無皺折，散發出淡淡的香氣。

「你專門為我準備的嗎？」

「不，我本來就多預備了一套。」丹絹推了推眼鏡，「你有缺任何東西直接告訴我，基本上我都有備用品。」這是他的習慣，凡事多準備，以防萬一。

「謝謝啊。」福星走向沙發，把棉被和枕頭攤開，接著就趴在上頭玩起電腦。

翡翠則是坐入另一張沙發裡，讀著剛才借來的書。

兩人相安無事，一片詳和。

過沒多久，福星開口，「那個，我有帶蛋糕來，可以吃嗎？」

丹絹皺起眉。

「我會整理乾淨的。」福星趕緊保證。

「你可以吃，但不必整理。」丹絹放下書，「你收過之後我還得重收一次，不如一開始我就自己來。」

「和你住在一起真方便耶。翡翠也都不用整理房間嗎？」福星說著，拿出從食堂打包的戚風蛋糕及一把短刀。

丹絹發出一陣嗤笑，「他的整理是另一種形式的混亂。」

「我想也是。」福星笑著以短刀切開蛋糕，將其中一半放入紙餐盤，遞給丹絹。

「謝了。」丹絹停頓了一秒，好奇地反問，「理昂不會在意房間整潔嗎？」

他常去福星的房間，福星的床區就像大自然一樣，有一定的運作周期，從非常整潔到極度混亂，週而復始地演變。他很好奇冷厲而一絲不苟的理昂，會怎麼面對環境整潔的問題。

「理昂不會管我的私領域，反正公共領域沒弄亂就好。」福星吃著蛋糕，笑著回答。

丹絹用叉子將盤裡的蛋糕細細分割成大小平均的幾塊，一一送入口中。

「看來他挺放任你的。」

「還好啦。」福星笑了笑，繼續開口，「不過，上次期中考結束的那週，我整個人大放鬆，房間很亂，而且整天在房裡吃吃喝喝，沒有立刻清理碗盤和廚餘。」

「然後？」

「某天我回到房時，看見有隻蟑螂，被短刀射死釘在牆面上。」福星尷尬地抓了抓頭，「我想，那應該是理昂給我的警告吧。」

丹絹沒好氣地搖了搖頭。

看來理昂比他預想得更加仁慈。他是不會讓翡翠把吃不完的食物留在房裡的。

福星拿起刀，看著刀刃，懷念地開口，「這把，就是那時候釘在牆上的刀子。我本來要還給理昂的，但他說送我。」

丹絹聞言，立刻噴出嘴裡的蛋糕。

「你拿插過蟑螂的刀子切食物給我?!」丹絹勃然大吼，同時衝向浴室。接著，傳來漱口的聲音。

「我洗過很多次了啦！你的反應太誇張了吧！」又不是插完蟑螂立刻現切蛋糕！他沒有那麼噁心好嗎！

福星不斷地為自己叫屈辯解。

當丹絹走出浴室時，直接回到自己的床區，有很長一段時間不和福星講話。

夜晚。西北山林。

今夜的戰略學課是實作課程，教授將學生分成兩組陣營，指派每隊的將領，讓學生親自沙盤推演攻城掠地的技巧。

每隊學生必須聽從將領的指揮行動，盡可能地消滅敵兵，維持己方兵卒存活率。

由於著重的是戰術，因此戰鬥的過程被簡化，只要拋出制伏咒語，限制對方的行動便可，不需真的打鬥。

布拉德和理昂所屬的隊伍領隊是三年級的狼族學長馬歇爾，同隊的隊員也幾乎都是獸族人。敵方隊伍則是闇血族占了多數。

這讓布拉德和理昂兩人在隊伍中的處境十分微妙，帶著輕蔑和排斥的目光自四面八方投射而來。

布拉德認識大部分的人，這讓他相當尷尬。至於理昂，他對眾人的敵意視若無睹，一如往常地維持著超然的冷漠。

布拉德本以為理昂會沉不住氣與隊友起衝突，但是出乎他的意料，理昂面對那細碎的嗤笑聲，也全然無動於衷。這讓他鬆了口氣。

「……謝了。」布拉德小聲低語。

如果今天是他一個人處在闇血族的陣營裡，他很確定自己無法像理昂這樣沉得住氣。

理昂斜睨了布拉德一眼，沒多說什麼，便移回目光。

看著理昂的側顏，看著處在眾獸族之間仍坦然自若的理昂，布拉德突然有個荒唐的想法。

如果這傢伙是獸族……那麼他們或許會成為情同兄弟的朋友……

不，不是「或許」，而是必然如此……

如果這傢伙不是闇血族，那麼，他就可以毫不糾結、毫無猶豫地欣賞敬佩這個人……

但理昂是闇血族。

布拉德不自覺地暗嘆了一聲。

頭一次，他憎恨這出於血統的對立和世仇。

理昂一直很安靜，有如止水。直到馬歇爾開始分派士兵，宣布他的作戰計畫時，止水起了波瀾。

「嘖……」細小的嘖聲傳出。雖然聲音細微，但對五感敏銳的獸族而言夠大聲了。

「下方似乎有人有意見？」

眾人的目光望向理昂。

理昂冷靜而優雅地開口，「你的將領所指導的戰略似乎只對敵方有利。你知道約米尼的《戰爭藝術》嗎？」

布拉德低聲警告，「不要惹事。」

馬歇爾冷眼看著理昂，冷哼了聲，「我借了那本書。」

「我相信。」理昂點頭，「你只是借了。」

「夏格維斯！」布拉德怒吼。

馬歇爾怒瞪著理昂，「你的運氣很好，闇血族。如果是平時，我相當樂意撕爛你高傲的嘴臉。但今日我們是隊友，我不會動你。」馬歇爾勾起自負的笑容，「別以為我猜不到，這是你和你同伴的計謀。你刻意逼我動手，藉機引發衝突，並折損我方的兵力，好讓你同類的那一隊取得勝利。」

理昂的眉毛挑起，「真是驚人的推論……」驚人的愚蠢。

「還有問題嗎？」

理昂沉默不語。

馬歇爾滿意地笑了笑，繼續調兵遣將，敘述策略。過程中，布拉德非常積極踴躍地附和，稱讚不斷。

並不是出於認同，而是為了用讚嘆聲掩飾理昂那時不時傳來的嘆息。

理昂和布拉德被分派其中一個支隊，從另一方包夾攻擊敵軍。作戰開始，分散行動。

「他媽的你就不能配合點嗎！你非得表現出自己與眾不同高人一等的樣子嗎！」布拉德一離開營地便破口大罵。

「我已盡力。」理昂淡然回應，「我沒有刻意高人一等，是你們的將領太低能。我很肯定，照他的指揮，必定會輸。」

「你還說！你憑什麼這樣認為?!」

理昂望向布拉德，「你也『借了』約米尼的《戰爭藝術》？」

「少在那裡賣弄了！」布拉德斥聲，「況且我根本借不到好嗎?那本書很熱門，圖書館進的書都被借走了。」

「喔。」理昂不以為然地應了聲，顯然對這答案不置可否。

布拉德一邊跑一邊咒罵，「早知道跟你去上冷兵器課，這樣我就有合理藉口拿刀捅你！」

「你用刀劍傷到我的機率，和這場戰爭贏的機率一樣。」理昂停頓了一下，「也和馬歇爾的能力一樣。」微乎其微。

「閉嘴啦！」

支隊的人低調地疾速前行，在快靠近敵方陣地時，理昂放慢了速度。

「你又有什麼事？」布拉德沒好氣地詢問。

理昂左右觀看地形，「這裡可能有埋伏。」

布拉德翻白眼，「又是那本破書告訴你的？」

「不完全是。」理昂小心前進，「對方的將領是羅瑞。他的個性非常謹慎、陰險，不會讓敵人有機會從背後偷襲。」

「你怎麼這樣說自己同伴？」

「不是所有同類都是同伴。」理昂殘酷自嘲地冷笑，「闇血族是擅於樹敵的種族，死在白三角和狼族手中的人數，還遠比不上家族內戰慘烈。」

布拉德看著理昂，他本想回應，但一時間不知道該說什麼。

嚎叫聲聲從前方傳來，支隊裡有人中了攻擊。全員進入備戰狀態。

布拉德警戒地擺出戰鬥架勢，並強化嗅覺和視力。

「不要妨礙我。」

「對你自己說吧。」

幾道人影閃過，對著布拉德和理昂同時發動攻擊。

布拉德本以為敵方會顧忌理昂的身分而手下留情，但過招之後，他發現在場的伏兵多半是非闇血族的族類，因此即便面對理昂，動起手來也完全沒任何顧忌。

「羅瑞是料到你會來這裡，所以刻意安排這些士兵嗎？」布拉德赤手空拳地與敵手對打，同時伺機拋出束縛咒。

「闇血族會把自己人放在主力戰隊上，他們不喜歡讓外人一起享受勝利。」

「真卑劣！」

理昂哼了聲，「彼此彼此。」他們現在不也是被分派到支隊。

布拉德語塞。

悶哼聲接連響起，陸續有人中了束縛咒語。從不斷冒出的敵兵可看出，布拉德所屬的支隊居下風。

布拉德揮拳，擊中一名攻擊者。對方在倒下前揮動手臂，一記冷光閃過。

布拉德沒料到對方會使用武器，一時反應不及。本以為會掛彩，但是理昂一個箭步，抽出短刀，擋下了暗器。

「現在是戰略演習，不該使用正式兵器！」布拉德對著敵軍勃然斥喝。

「我說過，羅瑞很陰險。」理昂抽出短刀發動攻勢，同時防守。

「你也不該使用！」布拉德擊倒了一名敵兵，對著理昂大吼。

理昂瞥了布拉德一眼，彷彿在看瘋子。他冷笑了聲，繼續自己的動作。

布拉德咬牙，吃力地反擊，「不需要這樣也能贏……」

理昂挑了挑眉，似乎有點訝異，但他仍冷靜地回答，「不用兵器，會輸。」

「我知道！可是——」布拉德一掌接下揮來的棍棒，拽向自己，同時給敵手一個膝擊。

理昂停下攻擊，轉為防禦。

「可是？」可是什麼？他好奇。

「可是——」布拉德旋身，一腳踹開兩個敵手。他的動作俐落流暢如水流，嘴中的話卻窒礙難行。

「可是？」理昂不耐煩地再次反問。

布拉德猛地跳起，用力搥向敵手的腦袋，連敲了好幾記。

「媽的！」他咬牙，豁出去一般地大吼，「可是我覺得你和羅瑞不一樣！」他轉身一把揪起準備逃開的敵人，又痛甩了對方幾個巴掌，「他媽的，你不一樣！」

連他自己也不理解為什麼要制止理昂。

在他心中，他覺得理昂和其他闇血族不一樣。或許，是他希望如此。

雖然他也不懂為什麼自己要如此希望，如此在意。

接著，他發狂似地一邊咒罵一邊暴揍敵兵，不像在戰鬥，反而像在洩憤。

理昂聞言，挑眉，沒有多說什麼，但是默默地收起短刀，改近身肉搏。

看見理昂的動作，不曉得為何，布拉德瞬間覺得輕鬆了許多，整個心情很好。

整個支隊的人苦力奮戰，但隨著交戰時間拉長，敵方的人馬越來越多，不知不覺，只剩布拉德和理昂還在苦戰。

理昂看著層層包圍的敵手，確定這場戰役必輸無疑，已經沒有翻轉的可能。

「我們輸定了。」理昂移向布拉德身邊，低語。

「還沒結束！」布拉德吃力地抵抗，「只要還沒倒下，就該奮戰到最後一刻！」

「……困獸之鬥。」他實在不想浪費體力在這無聊的虛擬戰爭上。他經歷過真正的戰場，對這種遊戲一般的模擬戰不以為然。

「囉嗦！」

布拉德雙手接下兩記朝他劈來的長棍。趁著他雙手無法反擊的空檔，另一名敵兵朝他背後拋出束縛咒語。

眼看布拉德即將被擊中，理昂立刻躍起身，以極高的速度朝反方向奔離。

「你這懦——啊！」布拉德以為理昂想棄戰，但話語未落，一道強勁的拉力將他整個人拖離原位，正好閃開了那記束縛咒。

布拉德的腳幾乎騰空，無法站立，只能任由無形的咒語，將他的身子有如箭矢一般拖拉飛出。

理昂朝著無人處移動，企圖利用咒語拖著布拉德離開。即便已施展了闇血族特有的高速移動能力，但咒語的拉曳力更加強烈，並隨著距離而加速。理昂才剛跑離敵軍一點距離，身後的布拉德便有如彗星一般，從後方直接撞上。

兩人雙雙撲倒在地。

理昂發出一記微弱的悶哼。布拉德碎念了幾句，連忙翻身爬離再度被當成肉墊的理昂。

「喂，你是預測到這一步才跑的嗎？」

「……善用環境。」理昂皺著眉坐起身，冷眼瞥了緊緊坐靠在他旁邊的布拉德一眼，「既然支隊那邊的情勢已然無望，就該停止戰鬥，想辦法前去和主軍會合，增強主軍的戰力。」

布拉德愣了一下，「你早說嘛。我還以為你想逃跑……」

理昂的眼中閃過一絲冷光，「我永遠不會逃避任何戰場。」

布拉德感覺到理昂的慍意，皺了皺眉，一時間不知道該回什麼。

他站起身，理昂也跟著站起。兩人肩並著肩，彼此之間只有五公分的距離。

布拉德嗤笑了聲，「不過，這樣的情況，就算和主軍會合，也幫不上什麼忙。」

「……至少，提高存活率，不至於輸得太難看……」

追兵的聲音自不遠處傳來，而且不只一路，他們已被包夾。

理昂冷哼了聲。

看來，是沒指望了。

他對狼族的愚蠢、思慮不周感到厭惡而不屑。但這也是數千年來，闇血族總是居上風的主因。現在的處境，竟讓他覺得有些矛盾。

布拉德看著理昂，沉思了幾秒，靈光一閃。

「至少，我們可以多拖幾個人上路。」

理昂挑眉。還來不及追問，布拉德便一把將理昂橫抱而起。

理昂錯愕，但立即冷聲警告，「放開。」

「馬上就放，」布拉德笑著開口，「準備好束縛咒，越快越好。」

「你想做什麼……」

「靠你輸得好看一點！」

布拉德橫抱著理昂，一路衝向敵兵。

他狂奔了一段距離，接著，猛地停下腳步，將懷中的理昂像標槍一般拋出。

「小心了！」

理昂橫飛過空中，他不斷在心裡咒罵，但也配合地快速施展束縛咒語，從空中對著敵兵天女散花一般地發動攻勢。

胡來，愚蠢，野蠻。

典型的狼族……

理昂的身子在空中劃出一道拋物線，在即將落地時迅速翻身，以絕佳的平衡感安穩著陸。

接著他深吸口氣，立刻轉過身，雙手張開，做出接擊的架勢——

他可不想再當一次肉墊了。

下一秒，他看著受到咒語拖拉的布拉德，沿著他方才的路線，向他飛衝過來。

布拉德在橫越空中時，一邊對著敵人比中指，一邊撒下束縛咒，看起來相當樂在其中。

理昂翻白眼。

真是夠了。

眼看布拉德再次朝他飛墜，他咬牙，向前一蹬——直接從空中攔截這人肉炸彈。

布拉德撞進了理昂的懷中，接著落地。理昂咬牙，強撐住衝擊力道，接著向後退了幾步，便穩住身子。

這回，安然降落。

只不過，此刻，兩人呈現出站立擁抱的姿勢。

布拉德和理昂面對面，彷彿互相凝視著對方。兩人同時愣愣。

雖然知道是受制於咒語，但是闇血族與狼族擁抱，是極為罕見的事。就連敵軍也傻眼地盯著布拉德和理昂。

現場陷入了些微的尷尬之中。

理昂立即鬆開手。布拉德連忙旋身，與理昂並肩站立。

敵方也回過神，對著兩人湧來。

「剛剛那招不錯吧。」布拉德笑著邀功。

「有勇無謀……」

「再來一次怎樣？」

理昂挑眉，看了布拉德一眼，「可以。」

「那麼——」布拉德正打算橫抱起理昂時，理昂的動作快了一步。

「這次換你。」理昂朝著地面拋下一道爆發咒，布拉德腳邊的地面瞬間燃起火光，隨時會爆炸。

「該死！」布拉德連忙躍起身，快速地連續跳躍。

雖然理昂覺得這戰術亂七八糟又荒唐，但他承認，在這處境之下，這是最有效的攻擊方法。

看著一邊穿過敵軍、一邊大笑的布拉德，他再次翻了白眼。

他突然發現，自己對這胡來的狼人，似乎沒那麼反感了。

他仍然討厭狼族。

但是，布拉德不一樣。

布拉德沒有因為他是闇血族有所忌諱，而真的把他當同伴，一起進行戰鬥。

如果今日是在闇血族的陣營，他們可能會直接限制住布拉德的行動，把對方當成「物品」甚至「盾牌」來使用，不可能讓布拉德像他這樣自由行動，並且參與戰鬥。他也很確定，如果今日他是被綁定在其他狼人身上，那麼他的下場應該差不多。

該說是愚蠢，還是天真呢……

愚蠢而天真的，是他人，還是包括他自己呢……

布拉德和理昂奮力抗戰，但畢竟寡不敵眾，過沒多久便被制服。

如理昂一開始預料，馬歇爾的隊伍敗北。

課程結束。

「哈！很棒的戰鬥！」布拉德一邊伸展著筋骨，一邊發出爽快的笑聲。

「我們輸了。」一旁的理昂提醒。

「我知道。」布拉德笑著開口，「但是，非常有趣，非常過癮！」

理昂本想斥責對方，卻看見布拉德臉上那坦率而純然的笑容

只是課堂上的小小模擬戰，有必要那麼開心？

他不由想到了福星。福星也會因為雞毛蒜皮的小事高興得像要飛上天。

布拉德和福星有著共同點。

這共同點正好是他所欠缺的，也是他所欣賞的。

或許是這樣，他才能容忍布拉德吧……

「謝啦。」布拉德忽地開口。

理昂挑眉，「謝什麼？」

「陪我上課。」

理昂不語。

布拉德轉頭看著理昂，忍不住笑出聲。

「咱們可真狼狽，是吧？」

兩人身上骯髒不已，滿是泥濘和灰塵，頭髮裡也夾帶著碎砂和木屑。

布拉德已經習慣了，但他第一次看見理昂這麼狼狽的樣子。

理昂冷眼瞪向布拉德，本想責怪對方的任意妄為，但想到自己也跟著配合，便感到一陣懊惱，索性閉嘴不說話。

他和布拉德兩人正處於懲罰時間，至少還要四十分鐘才能解開。他想沐浴，但他們兩人可塞不下寢室的小浴室。

理昂嘆了口氣。

只好去澡堂了。

澡堂外的大廳人來人往。

以薩站在入口附近，看著時間，焦急地等著小花出現。

翡翠則是在附近向進出的學生推銷他的養生綠肥皂，不過沒什麼人理會。

九點五分，小花的身影出現。

不只小花，她的身後還跟著妙春、珠月和彌生。妙春的臉上一直掛著好奇的笑容；珠月的表情非常複雜，興奮和壓抑參雜，眉頭深鎖但嘴角上揚，讓人看不透她的情緒。至於彌生則是一臉莫名其妙，狀況外的感覺。

小花走向以薩，珠月等人也跟進。

被四個女孩子包圍，以薩下意識地退後了一步。但這和剛才在課堂上的折磨相比，根本天差地別。

「這是你要的東西。」小花遞出一個信封。

以薩打開信封，看了裡頭一眼，滿意地讚嘆，「太完美了，而且妳還幫我護貝，真好。」

珠月發出了一聲詭異的笑聲，但立刻用咳嗽聲掩飾。

「那是看在你轉帳速度那麼快的分上，附送的小小服務。」

「謝謝妳，我正需要這個。」以薩感激地開口，「這樣就能防水了。」

「為什麼要防水？你打算讓它沾到什麼——」珠月忍不住脫口而出。

小花咳了聲，珠月連忙改口。

「抱歉，我失態了。」珠月溫婉地笑了笑，「護貝可以保存比較久。」

「的確。」以薩恭敬地回應，接著望向小花，「我會小心保存妳的作品。」

「賣出去的東西就是你的，你要怎麼使用不關我的事……」

翡翠看見小花在和以薩談話，便靠了過來。

「你們在聊什麼？」翡翠發問，同時，手非常自然地搭上了以薩的肩。

以薩再次石化。

「沒什麼……」

「你和她買東西？」翡翠看到以薩手中的信封，認出那是小花裝商品的袋子，「你買了什麼呀？你應該來找我的，我保證可以弄到品質更好、更便宜的商品。」

小花輕笑，「便宜的垃圾還是垃圾。」

「我、我會記住的……」以薩結巴地回應。翡翠不僅搭著他的肩，整個身體還靠向了他。

這時，布拉德和理昂兩人也肩並著肩，一同出現在澡堂大廳。

布拉德看見珠月，便走向前，故作自然地向對方打招呼。「嗨。」

「嗨。」珠月應了聲，但目光一直盯著翡翠和以薩。這讓布拉德有些吃味。

看見布拉德，以薩眼睛一亮，有如看見浮木的溺水者，立刻迎向對方。

「晚上好，理昂、布拉德……」他看著布拉德，以熱切的眼神欣賞著那沾滿塵土的矯健身軀，頓時感覺到一陣安定的平靜。「布拉德同學，你剛才運動過了？」

布拉德挑眉。他和以薩沒什麼交集，不曉得為什麼以薩會對他這麼熱絡。就連理昂也感到怪異。

「嗯，戰略課。」布拉德防備地回應。同時他很不悅地發現，珠月用著夢幻的眼神看著以薩。

該死的，現在是怎樣？這陰暗的小子到底有什麼魅力！

布拉德本來想繞開以薩，繼續和珠月等人談話，但以薩卻擋在自己面前。

「讓開。」布拉德粗聲指使。

「好的。」以薩順從地讓道。

布拉德經過他面前時，他深深地吸了口氣。

嗯，是男人的汗味……和帶著花香的夢幻氣息截然相反的味道！令人安心。

這舉動落入旁人眼裡，所有人錯愕不已。珠月則是像被雷擊中一般地抽搐了一下。

「你幹什麼！」布拉德怒斥。

「冒犯到您，萬分抱歉。」以薩客氣而謙卑地開口。

布拉德瞪了以薩一眼，本想繼續和珠月談話，但看著這礙事的傢伙，他決定放棄。布拉德和其他人簡短地寒暄兩句後，便走向男子澡堂入口。

以薩如影隨形地尾隨在布拉德身後。

「走開！」

「可是，我也必須進澡堂洗澡……」以薩無辜地開口。

「這可不是你家開的。」翡翠在一旁幫腔。

布拉德怒瞪翡翠和以薩一眼，哼了聲，接著扭頭繼續自己的腳步。

以薩再次跟上。

「等一等！」珠月快步走向翡翠，「我有重要的事要和你談。」

她看了周遭的人群一眼，不好意思地壓低音量，「這裡人太多了……我、我用訊息和你講。」接著，羞怯地轉身離去。

這讓布拉德非常不爽。

他覺得今天整個世界都在和他作對，所有的事都讓他不悅。

進了澡堂後，布拉德立刻質問翡翠。「珠月找你做什麼？」

「我哪知道？」翡翠一邊看著手機，一邊回答，「說不定她想買豐胸丸。」

「珠月的身材非常完美，不需要那種東西！」布拉德立即駁斥。

「你又知道了？」

「我——我只是合理推測而已。」布拉德辯解。為了不越描越黑，他閉上嘴，專心脫衣服。

翡翠盯著螢幕。幾秒後，收到了珠月傳來的訊息。

「請幫我留意以薩和布拉德兩人的互動，最好有影音或相片佐證。」

翡翠挑眉。雖然有生意上門，但拍男人的照片這種事不是他的長項，而且他不想被當變態。

就在他猶豫的時候，珠月又傳來了一張照片，相片裡是三百歐元紙鈔。

接著是珠月傳來的訊息，「不要浪費你使用手機的時間。這交易你知我知，不要外傳。」

翡翠快速地按下回應，發送。

「謝謝惠顧。」接著相當有職業道德地把對話紀錄刪除。

廣告不實是一回事，洩露顧客個資是一回事。雖然他賣的商品成分和成效都有待商榷，至少在售後服務這方面做得還不錯。

另一頭，以薩一邊更衣，一邊做著心理建設。

冷靜點。

他在心裡安撫著自己。

他有照片，而且，布拉德本人就在這裡。

雖然他想盡量不影響到他人，但如果發生緊急事件……

以薩深吸一口氣，接著把護貝照片夾在毛巾裡，接著有如要上戰場一般，壯烈地走向浴池區。

理昂和布拉德已經在裡頭。福星和丹絹也在一旁的大浴池裡泡澡。福星看見了熟人，便興奮地招著手。

以薩對福星揮了揮手，同時心中盤算著。

浴池是個不錯的遮掩地，只要泡在浴池裡，就看不見對方的身體。

不過，進了浴池，反而會延長相處的時間，還不如速戰速決——

「喂！等一下。注意一下距離啊！」叫喚聲從後方響起。

回頭，只見翡翠顛顛簸簸地跟了上來。

就這一眼，以薩差點休克。

此時翡翠的馬尾放下，金色的長髮披垂在身上，勾勒出精靈纖瘦的身形，襯托著那因熱氣而微微透紅的雪白肌膚。

「你、你沒穿衣服……」

翡翠不只沒穿衣服，連腰間也沒有圍浴巾，就這樣天然而赤裸地行動。

「哪有人洗澡穿衣服的？」翡翠沒好氣地反問。

為了拍攝影片，他走近了以薩幾步。

以薩倒抽一口氣，覺得自己快要窒息！

不行，這樣不行！翡翠跟著他，他無法偷看照片——更重要的是，翡翠的殺傷力太強，平面的照片似乎沒什麼用！

他需要更陽剛、更男子氣概的東西！

以薩連忙轉頭，快步走向布拉德。

「布拉德同學。」

布拉德轉頭，看見是以薩，露出了戒備的表情，「有事？」

以薩微笑，盡己所能地展現善意，「請問，我有幸為您刷洗這健壯精碩的胴體嗎？」

稱讚與謙虛兼具，這樣提出要求，應該非常合宜吧！

「啥?!」布拉德露出了錯愕的表情。

不只布拉德，所有人都愣愣地盯著那平時謙卑低調的以薩。

「以薩，你還好嗎？」福星擔憂地詢問。

「非常好，謝謝你的關心。」以薩盯著布拉德的身軀，同時讚嘆，「這結實而柔韌的肌群，陽剛而剽悍的骨架——這是力與美的實體化。」

「閉嘴！」布拉德伸手推了以薩一記，但是被以薩接住。

高大的以薩，外表雖然蒼白憔悴，但他的體力卻不可小覷。

以薩握著布拉德的手腕，從指尖一路打量到鎖骨。

英猛的身軀，粗暴的行為，標準的男子漢！

看著布拉德，翡翠對他造成的影響和惶恐漸漸消退。以薩安心地揚起微笑。

這笑容看在布拉德眼中，不由背脊發寒，毛骨悚然。

「放手！」布拉德怒斥。

「我會的。再給我十秒，可以嗎？」以薩客氣有禮地詢問。

「不可以！」

「那，五秒？」

「重點不是秒數！」

該死的，和以薩爭吵讓他看起來像智障！他受夠了！他要離開！

布拉德準備轉身，但身旁的人卻沒有跟著移動腳步，使他只能停留原地。

理昂站在原地，悠然而理直氣壯地開口，「我還沒洗好。」

「你故意的？」

理昂冷哼了一聲，彷彿對這質疑嗤之以鼻。但布拉德很確定，他看見理昂的眼中閃過一絲幸災樂禍的笑意。

「該死的闇血族！你們聯合起來整我是吧?!」布拉德怒然甩開以薩的手，打算強行離開。但還沒跨出一步，便感覺到脖子一片冰涼。

「坐下。」

「你連洗澡也帶武器?!」他到底是把武器藏在哪裡？

「坐下。」理昂重申。

「你沒資格命令我！」

「呃，布拉德，你冷靜點！」福星等人看情況不對，連忙前來安撫。

當布拉德和理昂僵持不下時，以薩便站在一旁，以恭敬而崇拜的眼神放肆地打量著布拉德的肉體。

這讓布拉德更加暴怒。

場面一片混亂，

翡翠遠離亂源，拿著手機在一旁坐壁上觀，安靜地繞著混亂的中心偷偷拍攝。

他雖然是受珠月之託而錄影，但不得不說，此刻的情況太詭異，連他自己都覺得這影片非常有爆點。

「你在做什麼？」丹絹的聲音冷不防地從翡翠身後響起。

「呃！沒有！」翡翠嚇了一跳，直覺地往一旁跳開。

這麼一跳，剛好超出了咒語限定的五公尺距離。

翡翠感覺到一股強大的引力，把自己往以薩的方向拉去。他努力想掙扎站定，卻無法控制——

「啊！小心！」

爭吵中的人發現翡翠正失速地飛過來，非常有默契地瞬間閃開。

以薩站在原地，瞪大了眼，看著一絲不掛的翡翠，像暴風一般，朝著自己狂掃而來。

他想逃，但是那精緻美麗的容顏和身軀，像是有著致命的魔力，讓他無法思考，只能盯著對方，步步逼近，接著猛地撞入自己的懷中——

「砰！」

劇烈的衝擊，使以薩失去重心，向後倒下。

在倒下的過程中，他覺得時間的流速變慢了。

一切都像慢動作一樣，他看著那金色的纖瘦軀體倒向自己，溫熱而細緻的肌膚一點一點地貼上他的身軀。他可以感覺得到，那帶著彈性的軀體，因重力與他緊密貼合，彷彿要嵌入他的身體一般——

他無法承受！

以薩的心臟揪了一記，接著眼前一黑，在倒地前便失去意識。

「以薩！」

眾人驚呼，圍攏到以薩身旁。

「你們還好嗎？」福星擔心地詢問。

「我沒事……」翡翠狼狽地爬起身。

雖然有以薩墊著，但突然下墜的衝擊，讓翡翠也一陣眼花。

「以薩他昏過去了。」

「他可能撞到頭。」理昂冷靜推斷。他並不怎麼擔心，因為這樣的衝擊對闇血族而言只是小傷。

他的眼角餘光被地面上的一個物品吸引。

理昂彎腰撿起，看清那個東西時，皺起了眉。

「這是什麼？」其他人好奇地靠近，發現那是張護貝照片。

相片中，布拉德剛打完籃球，打著赤膊，渾身汗水淋漓。

「為什麼你有這相片！」布拉德厲聲質問。

「這不是我的，白痴……」

福星看了照片一眼，「這看起來像是肌肉增長藥外盒上貼的照片……」

眾人的目光集中向翡翠。

「這不是我的！」翡翠辯駁。

「你從剛剛就一直在他們附近探頭探腦、鬼鬼祟祟的。」丹絹冷冷地指控，「今晚的騷動，該不會是你主導的吧？你是不是又想出什麼賺錢的餿主意了？」

「並不是——」

「難怪以薩今天一直怪怪的，」福星回想著以薩的舉動，接著以不予苟同的口吻開口，「翡翠，你該不會是看以薩忠厚老實，所以脅迫他幫你做些奇怪的事吧？」

「喂！怪我啊！我什麼也沒做啊！」

「你進了浴室之後一直拿著手機，到底是在和誰講話？」布拉德趁機假公濟私質問，「是珠月嗎？你們到底在聊什麼？快說！」

「呃，不是，我們只是——」

翡翠還來不及辯解，一旁的丹絹直接抽出翡翠手中的手機。

「他在錄影。」

「看看他錄了什麼！」

丹絹按下了播放鍵。

影片裡是布拉德和以薩互動的影片，同時還有許多男同學入鏡。

眾人看向翡翠，眼神非常複雜。

翡翠在心裡長嘆了一聲，確定自己是洗不清罪嫌了。

他深吸了一口氣，做最後的困獸之鬥。

「要不要聽一段有趣的錄音檔？何不打開前一個檔案？」翡翠燦笑著建議，「聽了可以延年益壽喔！」

此時的他，只能期待同伴們聽了中世紀的錄音檔瞬間睡死，這樣他就能趁機開脫……

眾人冷漠地白眼，宣判了翡翠的掙扎無效。

節哀吧，風精靈。

——番外〈換室友比換枕頭更讓人睡不習慣．中〉

高寶書版集團
gobooks.com.tw

輕世代 FW254

蝠星東來05

作　　者　藍旗左衽
繪　　者　ダエ
編　　輯　謝夢慈
校　　對　林紓平
美術編輯　彭裕芳
排　　版　彭立瑋

發 行 人　朱凱蕾
出　　版　英屬維京群島商高寶國際有限公司臺灣分公司
Global Group Holdings, Ltd.
地　　址　臺北市內湖區洲子街88號3樓
網　　址　www.gobooks.com.tw
電　　話　(02) 27992788
電　　郵　readers@gobooks.com.tw（讀者服務部）
pr@gobooks.com.tw（公關諮詢部）
傳　　真　出版部　(02) 27990909　行銷部 (02) 27993088
郵政劃撥　50404557
戶　　名　三日月書版股份有限公司
發　　行　三日月書版股份有限公司/Printed in Taiwan
初版日期　2017年12月
四刷日期　2020年10月

國家圖書館出版品預行編目(CIP)資料

蝠星東來 / 藍旗左衽著.-- 初版. -- 臺北市：高寶國際, 2017.12-
冊；　公分. --

ISBN 978-986-361-478-4(第5冊；平裝)

857.7　　106022283

三日月書版

三日月書版

GOBOOKS
& SITAK
GROUP©

GOBOOKS
& SITAK
GROUP©